叶嘉莹 —— 著

叶嘉莹
说诗词之美

目录

楔子：忆恩师顾随先生

先生上课，竟连一句诗也不讲 ·003
一颗多情、锐感的诗心 ·005
老师说的话，一个字我都不肯放过 ·009

九十岁的回眸

留下一些诗篇，人就可以回眸 ·012
十岁那年，我就要追究人生 ·014
母亲临死前，一句话都没有说 ·018
人人内心都有一粒成佛的种子 ·021
在混浊的人世，保存一点清白 ·024
有"匪谍"嫌疑的人 ·027
我的诗都是自己跑出来的 ·032
不懂中文也会喜欢中国诗 ·036
看到北京的灯火，我流下泪来 ·040
女人有什么学问呢？ ·044
我愿意把我们的诗词传下去 ·047

诗中的梦与梦中的诗	十五岁，我写了一首含有"梦"字的诗 ·054
	人生能被诗感动，多么美好 ·057
	用李商隐的诗做一个梦 ·062
	在孤独寂寞之中的持守 ·066
	不去实现的梦就只是梦 ·069
	回国教书后的梦中奇遇 ·072
	隔着千百年的共鸣 ·075
	在黑暗的永夜，心头的灯火仍闪动 ·078
	我希望有一颗莲子落在泥土之中 ·081

目录

中国词究竟美在哪里？

诗与词，不是一回事 ·084

词的起源，是许多个偶然相遇 ·088

写到美女和爱情，他们总有一点不安 ·092

小词里难以言说的哀感 ·095

无缘无故涌上心头，便是闲情 ·098

男子眼中的美女，女子心中的爱情 ·102

词人的修养不同，词的境界便不同 ·105

不是所有的壮志未酬都是豪放 ·109

豪放且幽微：辛弃疾词的特美 ·113

灯火阑珊处的那个人究竟是谁 ·119

读中国诗词，为什么要学英文？ ·124

词的美，我们要说出一个道理来 ·129

解词需要	别有开发,能自建树 ·136
新的尝试	背井离乡前往台湾 ·139
	生活的困顿,让我差点教不成书 ·143
	我不但好为人师,更好为人弟子 ·146
	读中国诗词,不能套用西方理论 ·151
	词比诗的意蕴更微妙 ·155
	词的好,还没有人说明白 ·158
	怎样用女性主义来解词 ·161
	怎样用接受美学来解词 ·166

解读王国维	王国维:词以境界为最上 ·172
的词论	可怜身是眼中人:王国维的追寻与徒劳 ·176
	可怜衣带为谁宽:王国维的无可奈何 ·179
	究竟何为境界? ·184
	中国词学历史上绝无仅有的一首词 ·189

《红楼梦》是真正的悲剧

我对王国维评论《红楼梦》的不同意见 ·194

红楼里顽石的悲哀 ·196

曹雪芹与李煜有相似的痛苦 ·200

真性情的人无法忍受官场 ·203

《红楼梦》讲的不是解脱,而是真正的悲剧 ·206

《红楼梦》的诗词之美

红楼里的诗词有高下之分 ·210

小说里的诗是一种预言 ·212

我为何说曹雪芹了不起 ·215

《红楼梦》里最好的诗词 ·220

《红楼梦》的诗词,与正统诗词有何差别? ·228

尾声:古典诗词,生生不已 ·237

楔子：忆恩师顾随先生

顾先生是在1942年秋季，我上大二那一年来教我们唐宋诗词课程的。先生身材瘦高，爱穿长衫，常常面带微笑，潇洒从容地走进教室。他讲课生动深刻，不但受中文系同学欢迎，而且外系同学也来旁听。

顾先生对诗歌的讲授，真是使我眼界大开。他讲课跟一般老师真是不一样，一般的老师讲的只是书本上的知识，而顾先生给我的是心灵的启发。顾先生不仅有着深厚的中国古典文化的修养，而且具有融贯中西的襟怀，加上他对诗歌有着极敏锐的感受与深刻的理解，所以他在讲课时往往旁征博引，兴会淋漓，那真的是一片神行。我虽然从小在家诵读古典诗歌，却从来没有听过像顾先生这样生动深入的讲解，他的课给我极深的感受与启迪。从此以后，凡是顾先生所开的课，我全都选修，甚至毕业以后，我已经到中学教书了，仍然经常赶往辅仁大学或中国大学旁听顾先生的课，直到1948年我离开北平南下结婚为止，有六年之久。这一时期，我从顾先生那里所获得的启发、勉励和教导是说不尽的。

作为一个听过顾先生讲课六年之久的学生，我以为顾先生平生最大的成就，并不在于他各方面的著述，而是在于他对古典诗歌的教学讲授。因为顾先生在其他方面的成就，往往还有踪迹可寻，而顾先生的讲课却是纯以感发为主，全任神行，一空依傍。顾先生是我平生所接触过的讲授诗歌最能得其神髓，而且也最富于启发性的一位难得的好老师。

先生上课，竟连一句诗也不讲

顾先生讲课是重在感发，而不拘泥死板的解释说明。有时在一个小时的课堂上，竟然连一句诗也不讲，从表面看来，有人会以为顾先生所讲的都是闲话；而事实上，顾先生讲的却是诗歌中最具启迪性的精论妙义。以前禅宗有所谓"不立文字，见性成佛"之说，诗人论诗也有"不涉理路，不落言筌"的说法，顾先生讲诗的风格就是这样。

顾先生讲的真是诗歌美感的本身，他对于诗词不同的美感有很仔细、很敏锐的分辨。他讲课时用很多的比喻，联想也很丰富。比如讲到杜甫时，顾先生说，杜甫的诗是深厚博大、气象万千。他举例说，盆景、园林、山水这些好像都是表现自然的景物，盆景是模仿自然的艺术，不恶劣也不凡俗，可是太小；园林也是模仿自然的艺术，比盆景范围大，可是匠气太重，因为是人工的安排，人工造出来的；而真正的大自然的山水雄伟壮丽，我们不但可以在大自然中发现一种高尚的情趣，而且可以感受到一种伟大的力量，这种高尚和伟大在盆景、园林中是找不到的。有的诗人作的诗，也不是不美，可是就像盆景，再大一点像园林，范围很小，总是有人工雕琢的痕迹；而杜甫诗的那种博大深厚的感情、那种莽莽苍苍的气象，是真正大自然中的山水。他的那种高尚的情趣、伟大的力量，不是其他的作品可以相比的。

　　顾先生讲诗还有一个特色，就是他常常把学文与学道、作诗与做人相提并论。顾先生一向主张修辞应当以立诚为本，不诚则无物。[1] 所以凡是跟随顾先生学习的学生，不仅在学文作诗方面得到很大的启发，而且在立身为人方面也可以得到很大的激励。听顾先生讲诗词，你不只获得文学上的欣赏和启发，还能得到一种品格上、修养上的提升。他讲喜欢的作者，也讲不喜欢的作者，讲为什么喜欢，为什么不喜欢。比如前人说姜白石的词如同"野云孤飞，去留无迹"；而顾先生说白石词的缺点是太爱修饰，外表看起来很高洁，然而

---

[1] "修辞立其诚"出自《周易》。《乾卦·文言》："子曰：君子进德修业。忠信所以进德也；修辞立其诚，所以居业也。"

缺少真挚的感情。他说白石的词是"清空","清"就是一点渣子都没有,"空"就是空灵,不坐实。清空当然也是一种美,但顾先生认为,一个人做人只是穿着白袜子不肯沾泥,总是自己保持清白、清高,这样的人比较狭窄,比较自私,遇事不肯出力,为人不肯动情。顾先生讲诗就是这样,通过讲课传达了他自己对于人生的理念。

一颗多情、锐感的诗心

凡是上过顾先生课的同学都会记得,每次讲课,他总是会把昨天晚上或是今天路上偶尔想到的一首诗写到黑板上。有时是古人的诗,有时是他自己的诗,有时也不是诗,是从一个引起他感发和联想的话头讲起来,引申发挥、层层深入,可以接连讲好几个小时甚至好几周。我的笔记上记着,有一次顾先生走上讲台在黑板上写了三行字,第一行:自觉、觉人,是说自己觉悟,也使别人觉悟;第二行:自利、利他,是说自己得到好处,也使别人得到好处;第三行:自度、度人,是说自己得到度化(这是佛家的说法),也使别人得到度化。

初看起来,这三句话好像与学诗没有什么重要关系,只是讲一种为人为学的修养,但顾先生却由此引发出许多论诗的妙义。他首先说明诗的主要作用,是在于使人感动,写诗的人首先要有推己及人与推己及物的这样一种感情。用中国儒家的话来说就是"民胞物与",就是"民吾同胞,物吾与也"。用诗来说,就是你要有一种多情、锐感的诗心,也就是我常常在课堂上用一句英文讲的"care",就是关怀,你要有一颗关怀的心,一种对于人、对于事、对于物、对于大自然的关怀。杜甫说"穷年忧黎元""路有冻死骨",这是对人世、对国家、对人民的关怀;辛弃疾词说"一松一竹真朋友,山鸟山花好弟兄",这是对大自然花草鸟兽的关怀。伟大的诗人必须有把小我化为大我的精神和感情,把自己的胸襟扩大。把自己的关怀面扩大的途径有两种:一种是对广大人世的关怀,一种是对大自然的融入。例如杜甫《登楼》,"花近高楼伤客心,万方多难此登临",这是对广大人世的关怀,他的关怀、他的感情是博大的。像晏几道写花:"落花人独立,微雨燕双飞。记得小蘋初见,两重心字罗衣。"句子当然写得也很美,但他的感情就很狭窄。像陶渊明《饮酒》:"采菊东篱下,悠然见南山。山气日夕佳,飞鸟相与还。此中有真意,欲辨已忘言。"这是跟大自然的融入。

顾先生讲诗总是用联想推展出去,他举出杜甫、陆游、辛弃疾同样是关怀国计民生的诗人,举出陶渊明、谢灵运、王维同样是关怀大自然的诗人,比较这些诗人之间的差别和不同。从诗人本身不同的襟怀、性情,从诗歌作品中的用字、遣词、造句所传达的不同效果,从中国文字与西洋文字的不同特色，层层深入地带领同学们对诗歌中细微的差别做深入的探讨，并且以自己多年研究和创作的心得体会，为同学做多方面的讲解。元遗山《论诗绝句》有一联："奇外无奇更出奇，一波才动万波随。"顾先生讲课，其联想及引喻之丰富生动，就有类于是。顾先生自己曾经把讲诗比作说禅，他写过两句诗："禅机说到无言处，空里游丝百尺长。"这就是我老师顾随先生当年讲课的方式。他对文字本身的声音、形状、各种不同的作用非常注意，这对我真的是有很大的启发。这种讲课方法使我学到了最可珍贵的评赏诗歌的妙理。

顾先生对诗歌的评析实在是根源深厚、脉络分明。就以前面所举过的三句话头来说，顾先生从此而发挥引申出来的内容相当广泛，其中有对诗歌本质的本体论，也有对诗歌创作的方法论，还有对诗歌品评的鉴赏论。因此谈到顾先生讲课，如果只以为无途径可依循，固然是一种错误；而只欣赏他讲课时生动活泼的情趣，也有买椟还珠的遗憾。顾先生所讲的关于诗歌的精微妙理是，既有能入的深心体会，又有能出的通观妙解，能对此有所体会，才是真正有所证悟的。

顾先生对诗歌有很敏锐的感受、很深刻的理解，他能透过文字表面讲出一个境界来。一般的老师只是抠着字讲，一个字、一个字地讲明白就算了。可顾先生不是这样，他讲得是上天入地，兴会淋漓。这种讲授，给学生的不是只让你字面懂了，你能把诗歌翻译成散文了，把文言翻译成白话了，那是很笨的，那种翻译不但不能翻译出比本文多的东西，而是把本文给减少了。因为本文五个字、七个字一句诗，给读者很丰富的联想，你把它翻成白话一句话说明了，它的意思就被限制住了，所有的联想都没有了。文字本身在诗歌里边有很多的作用，你把它翻成白话，把它的意思减少了、缩小了，诗歌本来的文字结构、语言作用都没有了。不管是中文翻译成英文，还是文言翻译成白话都不及原作好。

我讲课时也常常说到，语言文字本身有一种潜在的能力，是藏在语言文字本身里边的。说"菡萏香销翠叶残"，为什么有众芳芜秽、美人迟暮的感慨呢？因为它说的是"菡萏"，它没有说"荷花凋零荷叶残"，菡萏与荷花给你的感觉不同，给你的联想不同。因为荷花很现实，可是菡萏是《尔雅》上的字，读起来就比较古雅。王国维曾经写过古雅的美学价值。还有"香销"这两字双声，它用声音给你一种消逝的感觉。把"荷叶"说成"翠叶"，不仅给人颜色的感觉，还使人想到翡翠、珠翠那样的珍贵。这都是文字本身给人的感觉，一定要用这七个字才能使人有这种感觉，如果说"荷花凋零荷叶残"，就没有这种感觉了。所以诗不能死板地翻译，我从来就觉得翻译是把诗歌原作品杀死的办法。小说是可以翻译的，因为小说是讲一个故事，中文讲的一个故事，你用英文讲清楚就可以了。

老师说的话，一个字我都不肯放过

顾先生往往以禅说诗，顾先生教学的态度也与禅宗大师颇有相似之处。他所期望的乃是弟子的自我开悟，而并不是墨守成规。他在课堂上经常鼓励学生说："见过于师，方堪传授；见与师齐，减师半德。"

当时也有人认为顾先生之讲课是跑野马，没有知识或理论规范可以遵循，因此上课时不做任何笔记，但我却认为顾先生所讲的都是诗歌中的精华，而且处处闪耀着智慧的光彩。顾先生讲的是诗歌的生命，是诗歌里那种生命的感发。所以我在听课记笔记的时候，那真是心追手写，一个字都不肯放过。凡是老师说的话，我都要记下来。几十年以后，史树青学长还说，我当年记笔记像录音机一样，一个字不落。我的字虽然写得不好，非常潦草，但我重视的是老师讲课的内容涵意。因为顾先生讲课都是他心灵的感受，不是哪本书里写的，也不怎么引经据典，完全是他自己读诗的感受。

我想我后来教学时喜欢跑野马，以及为文时一定要写出自己真诚的感受，而不敢人云亦云地掇拾陈言敷衍成篇，大概就都是由于受顾先生的鞭策教导所养成的习惯。而顾先生在课堂讲授中所展示出来的诗词之意境的深微高远和璀璨光华，对我影响至深。

我在辅仁大学读书时，从先生修习唐宋诗课时，顾先生还在中国大学开词选课，我就跑到中国大学去听。跟随顾先生听课，前后有六年之久。这六年间，我记下了八大本笔记，还有许多散页的笔记。多年来，这些笔记我一直视如瑰宝，在飘零辗转忧患苦难的生涯中，我从北京、上海、南京、左营、彰化、台南、台北、美国、加拿大一路走来，多数书物都已散失，只有这些笔记我一直随身携带，完好无损地保存了下来。因为我知道，这些笔记一旦散失，永远无法弥补。

我最大的愿望，就是能给我的老师顾先生和我的伯父看看我多年来所做出的一点成绩。因为在我的诗词道路上，伯父和老师给我的影响最大，伯父给我的是培养，老师给我的是启发。1974年我回国探亲时，最想见的就是我的老师和我的伯父，可是他们已经都不在世了，留下的是我终生的遗憾，更是使我终生热爱诗词，虽至老而此心不改的一个重要原因。

九十岁的回眸

留下一些诗篇，人就可以回眸

我是 1924 年生人，现在是 2014 年，我是恰恰整整地来到这个世界上九十年了。我前些时候在南开大学"初识南开"的讲座上也曾经讲到，你们今天看见站在讲台上苍然白发的叶嘉莹，这是现在的、眼前的、刹那之间的我。我站在这里，今天成为这个样子，不只是我的形体，我的相貌、我的思想、我的感情，我的一切，为什么成了现在的这个样子？我是怎么样走过来的？所以我说"九十回眸"。但是"九十回眸"是"事往便同春水逝"，往事如烟，你什么都看不见了。我这个人有一个习惯，我从小就学诗，就读诗，就吟唱，所以我就随口可以唱一些诗。我从很小，大概十一二岁就开始作诗。我那个时候虽然也没有读过《易经》，也没有学过孔子的大道理，我只是写我自己的所见所闻，我内心之中，我当年幼稚的感受，我就写出来了，而暗中我想也符合我们古人所说的"修辞立其诚"。所以虽然是"往事如烟不可寻"，但是我有一些个诗篇留下来了,我就可以借着我的诗篇来回眸,看一看我过去走过了什么样的历程。

我刚才说,我是 1924 年出生的,1924 年是什么年代?中国正是在北伐的年代,到处都是战争,到处都是军阀,直奉战争,直皖战争,各种的战争。我是在乱离之中出生的。另外,我回眸觉得非常可纪念的一件事情,就是我出生的月份是阴历的六月。中国古代有一个习惯,每个月都以一朵花标识,比如说正月是梅花,六月是荷花。我是六月出生的,我的父母就给了我一个小名,叫"小荷"。既然是叫作"小荷",我内心之中就不由得对凡是与荷花有关系的一切事物,都有一种特别亲切的感情。

我回想起来,觉得就像佛法所说因缘经,万事各有因缘。你追寻不到今世的因缘,甚至于过去的一些个因缘,有始以来的种种因缘。人,有的时候你出生,你不知道从哪里来,你不知道你到哪里去。可是像我活了九十年这样久,而且我又留下来一些诗歌的痕迹,我现在回头看我小时候写的诗,就觉得很奇怪,我十几岁的小孩子,为什么说这样的话,为什么写这样的诗。而我也不是一直写那样的话,一直写那样的诗,我中间经过了多少次的改变和转折,我也写了现在九十岁的一些个诗词。我们今天就回眸,看一看我自己是怎么样成长的,我的心路的历程。

十岁那年，我就要追究人生

我从很早就背书、背诗，而且是吟诗，是非常早的，这就是因缘。我出生在北京一个非常古老的家庭，我家里边的长辈没有送我去学校，没有上幼稚园，没有上小学。我就在家里边。我的启蒙，我读的第一本书就是《论语》。那个时候也不大讲解，就是让你背《论语》。所以现在有什么难解决的问题，我忽然间就想起里面的一句话来。前几天我们家的保姆说，你整天待在八层的楼上，也不出门，外边的世界你什么都不知道，你都已经落伍了，你跟不上这个时代了，你也不找人聊一聊天。我说你跟人家聊天，聊什么呢？都是东家长西家短，这个人跟这家的老太太工作怎么样，那个人跟那家的老先生工作又怎么样，然后家里有什么家具。她说你从北京出来，你家里没有一些古董吗？我说真是非常遗憾，我一件古董也没有。她说你每天就是在你的书桌前面看书写字。我说你们聊天，你觉得很有意思。孔子说过一句话，说

"群居终日,言不及义"。她说那是哪几个字啊?你给我写下来我看一看。我常常跟她讲话的时候,一下子就想起来孔子的话语。

我现在回想起来,我当年读《论语》、背书的时候,没有讲,但是有一句话,就忽然间给我一种很强烈的震动,就是:"子曰:'朝闻道,夕死可矣。'"说你早上闻了道,晚上死了,你就没有白活这一场,就没有白白来到世界上一次,朝闻道,夕死都可矣。我那时候也没有敢问我的老师,我就一直存了这个问题。

然后呢,我小时候背诗,大概十岁,我的父亲当时是在上海航空界做事,是在上海。我伯父在家里说,你去作一首诗吧,我就作一首诗,当然作得非常幼稚。我现在记载下来的最早的一首诗,这是非常幼稚的诗,我写的是《秋蝶》,秋天的蝴蝶:

几度惊飞欲起难,晚风翻怯舞衣单。
三秋一觉庄生梦,满地新霜月乍寒。

我不知道为什么,我就要追究人生一个终极的问题,你所得到的是什么?有一天你离开这个世界,你留下的是什么?这种无常的感觉。而这个都是我小的时候随便乱写的,真正我所经历的我还没有说。

我后来又读诗,读李商隐的诗。李商隐有一首诗,题目是《送臻师》。"臻师"是一个法师,那么他送这个臻师,所以用了佛家的典故,他说"苦海迷途去未因",我们人生在苦海之中,大家都迷了路,你不知道过去、未来的种种因缘。"东方过此几微尘",佛法东来,经过了多少微尘的大千的世界,"苦海迷途去未因,东方过此几微尘"。《大般涅槃经》上记了一个故事,说释迦说法的时候,他身上每一个毛孔都可以出现一朵莲花,每一朵莲花中间都有一尊佛像。《大般涅槃经》中说:"世尊大放光明,各有一佛,微妙端严,尔时所有众生多所利益。"每一个毛孔有一朵莲花,每一朵莲花有一尊佛像,可以"利益众生",可以拯救众生。我偶然读到李商隐的诗,偶然听到李商隐说"苦海迷途去未因,东方过此几微尘。何当百亿莲花上,一一莲花见佛身",都现出了一个佛的形象。我都是偶然,所以我讲因缘。我就在想,我出生在荷花的月份,我小名叫作"荷",所以我就写了一首《咏荷》的小诗:

> 植本出蓬瀛,淤泥不染清。
> 如来原是幻,何以渡苍生。

你看我写的时候是1939年,我不过是十五岁,我有什么能力可以说到"渡苍生"。可是因为我所经过的那个时代是太痛苦了，我生在北伐战乱的时代，读初中二年级的时候发生的"七七事变"。

母亲临死前，一句话都没有说

晚清、民国初年的人大都有一个救国的理想。甲午之战，中国的海军一败涂地，我的父亲当时考的是北大的外文系，毕业后就进入了当时那个航空署（不叫作"航空公司"）。他一生所致力的，就是翻译介绍西方的航空事业，比如飞机上翅膀有了冰是怎么样，无人驾驶的飞机应该怎么样驾驶。我父亲翻译的文章现在还留在《大成》等古旧的杂志之中。

当我们的国土一片一片地沦陷，飞虎将军陈纳德来援助中国的时候，就跟中国航空的队伍有密切的合作。可是我父亲从"七七事变"，就随着政府辗转地迁移，到了后方，八年没有信息。南京大屠杀的时候，我父亲在南京；上海的"四行抗战"的时候，我父亲在上海，真是生死存亡莫卜。

我们沦陷在当时的北平，我母亲就在抗战的第四年，最艰苦的阶段，在忧伤之中去世了。我是最大的姐姐，有两个弟弟,大弟小我两岁,小弟小我八岁,我就要做一个长姐,每天我小弟起来,我要给他穿衣服,要送他上学校。古人常常说,没有父母,就是"孤露",说你就是孤单的,你就曝露在人生之中,没有一个遮蔽,没有一个荫庇,我就经过了这样的事情。今天时间也不多,我只能简单地再给大家读我的一首诗,我是如何经过这些艰苦,我又是如何成为现在的我。我现在读一首我母亲去世的时候,我写的《哭母诗》。我写了八首《哭母诗》,我现在来不及读,我只读这一首:

瞻依犹是旧容颜,唤母千回总不还。
凄绝临棺无一语,漫将修短破天悭。

为什么我母亲临死一句话都没有留下来,因为我母亲当时是子宫里边生了瘤,在北京看了很多中医很久都没有看好,当时有人就说这个应该开刀,可是北京好像说找不到一个开刀很好的医院。天津有租界,租界里边有外国的医院,外国的医生开刀的技术好,所以就由我的舅父陪着我母亲到天津的一个外国的医院去开刀。我当时高中三年级,正是考大学的时候,我母亲说,小孩子的功课学业要紧,不要跟随我来,过几天我开完刀就回来了。因为我那个时候真的什么事情都不懂,我母亲也没有叫我跟着她去。我母亲去了以后,开刀，后来我的舅父告诉我，开刀以后伤口感染了，感染了没有办法，已经到了不治的地步了。可是我母亲说不愿意死在天津，我们小孩子都在北京，她不放心，一定要回北京。那时候也没有火车的快车，我母亲是死在火车上的，所以一句话也没有留下来。这是我所写的哭我母亲的诗。运回来以后当然要殡殓，都是我亲手给我母亲换的衣服。当我体会到人生，就是棺材板盖上敲下钉子的时候，我的感觉就是"凄绝临棺无一语"，"漫将修短破天悭"。我小的时候在沦陷区，经过了战乱流离，体会到人生的苦难。我母亲的去世，使我体认到生死的无常。这是我的"心路的历程"，是怎么样走过来的。

人人内心都有一粒成佛的种子

我姓叶,其实我们家是属于叶赫的部族,叶赫纳兰。家族有两个出名的人物,一个就是清代有名的词学家纳兰性德,一个就是有名的西太后叶赫那拉。所以我们家是个很古老的家庭。我们的长辈说,不要到小学去读那个"大狗叫,小狗跳",像我的女儿在台湾上小学,回来背书,背"来来来,来上学,去去去,去游戏……见了老师问声早,见了同学问声好",背这些个东西,她脑子里边记忆力最好的时候装下这些个东西,有什么用处?我小时候是从《论语》《孟子》《大学》《中庸》的"四书"开蒙的。可是我们家里边说,你只要相信孔子,读孔子的书就好了。我们家不接受任何的宗教,所以我从小从来没有跟宗教接触过。

我说我与佛教的因缘,因为我出生在荷花的月份,我就总以为我与荷花,与莲花有一点因缘。我在大学读书的时候,我的老师顾羡季(顾随)先生也喜欢佛法,他偶然就引一些个佛经的话头。我就看到报纸上有一个消息，说当时广济寺有一位高僧来讲《妙法莲华经》，我看到与莲花有关系，我就想这个"莲华经"怎么样呢，所以我就跑去广济寺听。这是我第一次与佛家接触，就是听《妙法莲华经》。

我当时很小，对于宗教，对于佛经，从来没有接触过，所以我听讲的结果，只记了两句话，说"花开莲现，花落莲成"。说人生，你开花的时候，人人的内心都有一粒成佛的种子，就看你有没有觉悟了。而你这粒种子，当你花开的时候，它原来就在你的心中，"花开莲现"。可是你有没有成佛，不是每个人都可以成的，是"花落"才"莲成"。等它所有的繁华，所有的花瓣都凋落尽了，那个时候它的莲子才结成。我听了经，就只记得这么两句话。我回来也写了一首词：

鹧鸪天
一九四三年秋，广济寺听法后作

一瓣心香万卷经，茫茫尘梦几时醒。前因未了非求福，风絮飘残总化萍。　　时序晚，露华凝。秋莲摇落果何成。人间世事堪惆怅，檐外风摇塔上铃。

我在战乱之中，父亲到后方，多年没有消息，母亲又去世了，我虽然是小名叫"荷"，与莲花有了因缘，人家说"花开莲现"，"花落"才"莲成"，"秋莲摇落"是"果何成"。我不知道我将来会落得一个什么样的下场，我的人生会走过什么样的路线，会有什么样的完成，我是不知道的。这是我现在回顾我七八十年前的作品。总而言之，那个时候我是有过这样的想法。

在混浊的人世,保存一点清白

小的时候我就写些个短小的绝句跟短小的令词,后来我读了辅仁大学的中文系,在大学里边慢慢跟老师学作诗,就越写越长了,写了一些个七言的律诗。1944 年,我二十岁,正是大学毕业的那一年。1944 年的冬天,那是抗战最艰苦的阶段,我们是 1945 年才迎来抗战的胜利的。1944 年的冬天是抗战的危急存亡之秋,真是国脉悬于一线,不知道会如何。是日本的这种狂妄的心思,让它跟美国太平洋珍珠港宣战。美国发射了两颗原子弹后,我们才胜利的。否则的话,我们不知道,我们胜利在何日。所以 1944 年的冬天,我写了五首诗,中间有一首,我是这样写的:

> 尽夜狂风撼大城,悲笳哀角不堪听。
> 晴明半日寒仍劲,灯火深宵夜有情。
> 入世已拼愁似海,逃禅不借隐为名。

> 伐茅盖顶他年事，生计如斯总未更。

我说"尽夜狂风撼大城，悲笳哀角不堪听"，我说的"尽夜狂风撼大城"，一方面是写实，你看那冬天，吹起来呜呜带着响哨的狂风，好像它把这整个城都震动了。"尽夜狂风撼大城，悲笳哀角不堪听"，都是战乱。北大的红楼关的都是中国人，拘押的都是抗日的人士，半夜听到他们那种酷刑拷打的哀哭的声音。而日本人喝醉了酒在马路上逍遥地走过去，唱着《支那之夜》。所以我说"尽夜狂风撼大城，悲笳哀角不堪听"，我们那些被拘留的人的那种悲苦的受惨刑的呼叫，日本人狂妄地唱着《支那之夜》的那种疯狂的情态，"悲笳哀角不堪听"。

我后面说"晴明半日寒仍劲，灯火深宵夜有情"。偶然天气晴了，也许偶然传来一些后方的好的消息，但是终究我们的胜利没有来，天也没有晴，"晴明半日寒仍劲"。我一个人在家里，当然我有我两个弟弟，也都还很小，所以"灯火深宵夜有情"。我们那时候连电灯都没有，点着一盏油灯，屋子里生了一个火炉，当寒风凛冽的冬夜，炉火也半残灭了，灯也是如此地微弱，所以说"灯火深宵夜有情"。虽然是微弱的炉火，虽然是微弱的灯光，但是有灯光，有灯光就有希望，有灯光就有光明，所以我说"晴明半日寒仍劲，灯火深宵夜有情"。我的希望，我的理想没有灭绝。

"入世已拼愁似海,逃禅不借隐为名",我现在都很奇怪,我当年怎么会写出这样的句子来。一个人活在世界上,你不想做一些事情就算了,我说"入世",如果你真想要入世,如果你还真是想为这个世界、国家、人民做出一些事来,你就避免不了劳苦,避免不了烦琐,避免不了别人的埋怨和责备。你只要入世,你就应该拼掉。前两天张静跟我在一起还说到,我这个人,她说我对于我写的诗歌一个字斤斤地计较,可是我对于外边的事情,是非常迟钝的,对于人际之间得失利害的这种争竞,我完全不理解。"逃禅不借隐为名",我内心自有一片安静的境界,我不用隐居在深山,不是在深山之中你内心才得到安静,就在混浊的人世之中,你能不能保存内心的一点清白和安静呢?所以我说"入世已拼愁似海,逃禅不借隐为名"。

"伐茅盖顶他年事",那就是说,我绝不为自己做任何的私虑;"生计如斯总未更",我说我的生活的理想,就是如此,我一直没有改变。这我都很奇怪,我当年那么年轻,其实连"入世"也没有,我还在大学读书,我怎么会写出这样的诗句来呢?

有"匪谍"嫌疑的人

1945年，就是胜利的那一年，我大学毕业了。大学毕业我就去教中学，暑假过后，8月之后我们就胜利了。胜利以后，我已经在中学教书了，作为一个中学老师，我带着我的学生站在马路上，欢迎我们胜利的国军回来。可是转眼之间，后方来的那些个接收的人员，就变成了"劫收"，做了很多违法违理的事情，把我们当年的一片热情完全打击了。

我还是在中学里边教书，到了结婚的年龄。我一个中学的老师很喜欢我，因为我做学生念书念得不错，她就把我介绍给她的弟弟了。她的弟弟就拼命来追，每天都跑到我们家来。他本来在秦皇岛有个工作，后来他就说失业了，在北京，贫病交加。他有一个亲戚，给他在南京的海军找到了一个士兵学校的教官的工作，他就要让我跟他订婚。他说你不订婚，我就不走。我想，也许就因为他总是跑到北京来找我，才把秦皇岛的工作丢掉了。他也不敢说是，只是找我。他找了他一个同学的弟弟来找我的弟弟。那时候我们有一个空屋子，摆了一个乒乓球桌，每天在那里打乒乓球。所以我以为他是因为我而失业的，我就答应了他。

他当海军到南京工作，我就跟随他到了南京。我1948年3月到的南京，那个时候是国民党败退的前夕，他在海军做教官，我找了一个私立的中学教书。我们租一间房子，空空荡荡，一无所有，只有一张床铺，一个桌子。每月你要跟房东说多少房租，不说多少钱，说是几袋米，还是几袋面；不是说你到时候真的把几袋米跟几袋面搬到他那儿去，是折合市价。今天的一袋米是多少钱，一个月以后，绝对不是这个价钱，一天以后，都不是这个价钱。我刚刚结婚，要做家庭主妇，下课回来拿着个小油瓶，要到油店去打一瓶炒菜的油回来，排了很长很长的队，等到排到时，常常就没有了。你要买一双鞋子，到那个白下路的太平商场，所有的百货公司的架子都是空的。这是当年国民党从南京撤退前夕的情景。

我结婚没有半年，他们海军就到了台湾，我就跟他到了台湾。到了台湾第二年，我生下女儿。生下女儿不过半年，我在彰化的女中教书，我先生趁着圣诞新年的假期，从左营的海军到彰化来看我们，是平安夜，Christmas Eve，24号到的，25号一大早，天还没有亮，就来了一群海军的官兵，把我的先生带走了，说他有思想问题。随后，我不放心，就带着吃奶的孩子（幸亏我的女儿吃我的奶，不用带奶瓶、奶粉，只带一些个尿片子）跟他去了。那时候台湾的海军还没有专车，就是坐火车，我就跟着上了火车。到了左营，我先生就被关起来了。

音信不通，我待了好多天，一点消息都问不出来。我还要维持我跟孩子的生活，就又坐着火车回到彰化。那时候也没有出租车，我带着孩子，拿着她的尿片子，从火车站走到彰化女中。我心里边虽然有这么多的悲哀和烦恼，见到彰化女中的同事，她们说你先生怎么样了，我说没有什么问题，他留在那边还在工作，我先带孩子回来了。我不敢说。

虽然我不敢说，半年之后，我的女儿还没满周岁，又来了一批人，把我住的宿舍给包围了，把我当时跟那个彰化女中的女校长还有另外一个女老师，通通关起来，还把学校另外六个老师也都关起来了。现在电视上在演《原乡》，当时台湾当局就认为这些从大陆来的人，思想都有问题。我就带着我吃奶的女儿被关起来，幸亏她是吃我自己的奶，不需要奶粉、奶瓶。他们要把我们送到台北的宪兵总部，长期地关起来。我们当时被关在彰化警察局，我就抱着我吃奶的女儿，去找了那个局长。我说你要关，你就把我关在这里，反正我带着女儿也跑不掉，你把我带到台北的宪兵司令部，我先生已经被关了，我从大陆来到这里，一个亲友都没有，万一出了什么事，我连一个人都找不到，我的孩子还不满周岁。那个警察局局长还不错,他就把我放出来了。但是因为我是有"匪谍"嫌疑的人,就不可以再工作,我就无家可归。欧阳修说"无一瓦之覆、一垅之植以庇而为生",我没有,我连一片瓦都没有。没有办法,我就去投奔了我先生的一个亲戚。当时他们生活也很紧张,我就在走廊上,每天晚上打一个地铺。那个时候,我写了一首诗,这首诗当时没有一个人看见过,我1979年回祖国来教书,国内的出版社要出版我的诗集,我才敢发表当时这首诗,就是《转蓬》:

> 转蓬辞故土,离乱断乡根。
> 已叹身无托,翻惊祸有门。
> 覆盆天莫问,落井世谁援。
> 剩抚怀中女,深宵忍泪吞。

"转蓬辞故土,离乱断乡根",我就如同一棵随风飘转的蓬草,离开了故乡,在离乱之中。那个时候,你们看《原乡》里当时的情况,你现在到哪里去,有手机,一下你就可以都讲话了,当时我们连写信都不敢。从此与故乡隔绝。我每次讲杜甫的《秋兴八首》,说"每依北斗望京华",我不知道哪一天才能够回到我的故乡,看到我的家人,所以我就写了《转蓬》。我是一棵随风飘转的蓬草,"转蓬辞故土,离乱断乡根"。

"已叹身无托",我先生也不在,没有工作,没有家庭,连个床铺都没有。"已叹身无托,翻惊祸有门。覆盆天莫问,落井世谁援",当时人都不敢沾惹你,凡是有"匪谍"的嫌疑,没有人敢招惹你的。你看那个《原乡》就知道,要是连累上,就不得了。所以我就写了这样的诗,"剩抚怀中女,深宵忍泪吞"。

我的诗都是自己跑出来的

幸亏我先生虽然喜欢乱讲话,但是他没有参加过任何组织,三年多以后,他被放出来了。放出来就证明,我们没有思想的问题,我们不是"匪谍"。所以这个时候就有人请我到台北去,所以我就到了台北。本来在中学教书,后来因为台大有些个我的旧日的老师,我就到了台湾大学去教书。然后不但到了台湾大学,我这个人,只要一教书,大家就都找我去教书,所以开始教了一个中学,后来变成三个中学,在台湾教了一个大学,后来就变成了三个大学。我在台湾教了很多年书。

那个时候我们大陆,竹幕深垂,西方想要研究汉学、汉诗的学者,没有机会到大陆来学习,就都跑到台湾来学习。学古典诗歌的人一看,台大、辅仁、淡江,诗选、词选、曲选、杜甫诗,都是我在教;大学国文每天的广播,都是我在讲;后来台湾开始有了电视台,电视台的中国古诗也是我在讲,所以就有很多西方的学者找我来学习。台湾大学的钱思亮校长,就把我交换到了北美的密歇根州立大学,然后我就去了那里。去了那里,哈佛大学的一个教授来interview(面试),他interview完了以后,就想邀请我到哈佛大学去。我跟台大的校长说不去密歇根了,他不许,所以就去了密歇根。

我先生是内心有准备的,他不想留在台湾,所以他说你出去的时候,就把两个女儿带出去,说女儿没有成年,要跟着母亲出去。一年之后,交换的教授可以申请眷属,就把我先生接出去了。第二年,哈佛大学就把我请去做客座教授。到了暑假,两年的交换期满,我就要回台湾。哈佛大学留我,说你先生也在这里,两个女儿也在这里,而且台湾把你们关了那么久,为什么你要回去?我坚持要回去。我说第一个我要守信用,我交换是两年,而且(台湾)那三个大学,请我去教书的人都是我的长辈、我的老师,他们对我非常好,9月开学了,我把三个大学的这么多课一下子都撂下了,我对不起老师。还有,我八十岁的老父亲在台湾,我不能说把孩子跟先生都接出来,把我父亲一个人放在台湾,所以我就回去了。

你们现在去哈佛大学可以看到,从学生活动中心,到校园的本区,中间有一大片的草地,所有的车辆都是从底下通过的,很安静。可是我在那里的时候,上边汽车的来往非常频繁。那个时候刚刚把这个通道修成，刚刚把草地铺上，我一个人走在草地上，就忽然间跑出来两句诗。我常常开玩笑说，我的诗不是作出来的，都是自己跑出来的。

我说"又到人间落叶时，飘飘行色我何之"。这个就是当年我正在跟哈佛大学的那个教授谈论着我要回台湾的时候，我经过他们新铺成的这一片草地。而且我在哈佛的办公室，窗外一大棵枫树，每年看它长叶，看它秋天的叶子变红，看它冬天盖满了白雪，现在是第二年。"又到人间落叶时，飘飘行色我何之"，我到哪里去？我是想回大陆的，可是那是哪一年？那是1968年,我们大陆正在"文化大革命"，我不敢回去，所以我说"又到人间落叶时"。台湾我当然是要回去，因为我跟我先生出来了，我父亲在那里，可是大陆我不敢回，所以我说"飘飘行色我何之"。

"曰归枉自悲乡远"，《诗经》上说"曰归曰归""胡不归"，我倒想回到我的北京的老家。"曰归枉自悲乡远，命驾真当泣路歧"，我现在要走，我到哪里去？我是听他们的劝告，留在美国？还是我要回大陆？还是我要回台湾？"飘飘行色我何之"。"命驾真当泣路歧"，所以我现在又要上路了，到哪里去？

我说"早是神州非故土"，神州大陆是我的故乡，可是"文化大革命"，我回不去了。"更留弱女向天涯"，我两个女儿还没有成年，我要把她们留在美国了。

"浮生可叹浮家客,却羡浮槎有定期",传说那个浮槎,每年还会回来,但是我不知道我什么时候才能回来,所以我就回了台湾。

不懂中文也会喜欢中国诗

　　回了台湾以后,给我父亲办签证,我要接我父亲出去。可是美国在台湾的这个办事处说,你两个女儿带出去了,先生接出去了,你要接你父亲出去,你就是移民,移民你不能用这个 j-1 Visa 出去的。所以他盖了一个图章,就把我原来的签证取消了。他说你去办移民吧,你不能用这个访问的身份出去了。可是办移民我不知道要多久,我两个女儿在美国上大学要交学费的。本来临走以前,我给我先生安排了一个教华语的机会,他至少可以教中国话嘛,可是没想到,一年,他的工作丢掉了。我要在台湾养活我先生跟我两个女儿,我女儿还要读书,我没有办法养活他们,所以我就只好再出来了。我就出来,临时在哈佛大学。因为我申请美国的签证,没有申请到,我就流落到了温哥华。

　　温哥华是个好地方。如果要说论因缘,温哥华其实不是我自己主动的选择。当时美国这个要约我去的人说，你先到温哥华再过来，他英文写的是 Vancouver，这 Vancouver 是什么地方，我真是不知道，后来我就来到了 Vancouver。

然后我就去办理去美国的手续，我一定要拿着哈佛的聘书去办手续，不然的话，你就是到了美国，也不许你工作的。我拿着哈佛的聘书，到温哥华的美国领事馆去办。他说，你有哈佛的聘书，为什么不在台湾办签证，你跑到温哥华来办，我不能给你，所以我还是不能过去。那我先生跟女儿在那边，还是没有办法。幸亏哈佛大学的这位教授，他真是希望我跟他合作。现在南开大学出了一本书，叫《中英参照迦陵诗词论稿》，就是我的一些个中文的论诗词的文章，被美国的哈佛大学的教授翻译成英文了，我在那本书的前面写了一篇很长的序文。这个教授叫 James R. Hightower（海陶玮），他是研究中国古典诗歌的，他真是一个很好的教授，有理想的教授。他以为现在西方完全用西方人的方式来理解中国诗词，理解得不透彻，要想真正懂得中国的古典诗歌，要找一个真正对中国诗歌有了解的人来合作才可以。这是他的理念，所以他跟我一起合作，他写陶渊明的诗，我写唐宋诗词。这个时候，他就让我留在温哥华，他说你留在温哥华，每年暑假可以来合作，我就留下来了。

可是当年我留下来，我没有工作，临时找到 UBC 的工作。UBC 大学说，我们欢迎你来，因为我们有两个美国的学生来念博士，都是念唐诗的，我们正要找一个研究唐诗的教授来带领他们，可是你不能只教两个研究生，你要教大班的课程。研究生是学过中文的，我可以用中文跟他们讲课。可是你要带大班的学生，他们完全没有中国背景，你要用英文讲课。我当时真是别无选择，每天晚上查生字到两点。昨天还有朋友问我，你几点钟休息？我可以说我这么几十年，没有在十二点钟以前睡过觉，最早都是两点，第二天我还是六点半钟起来的。我是当时养成的习惯，每天查了生字到学校去，给那些个外国不懂中文的学生讲课。

可是我觉得很奇妙的一点，我们说"诚"可以感动人，"修辞立其诚"，我的英文虽然不好，但是我不是来教英文的，尽管我的发音不准确，尽管我的文法也不完全正确，可是我能够用我的简单的英文，传达出来我真正的感受。我想，人世的因缘，我天生来就是一个喜欢教中国诗的人，不管对任何人，不管老少，不管国族，我都愿意把我所感受到的中国诗歌里边的感情、志意、心胸、理想的种种的美好传送出去。中国诗歌有那么多美好的东西，当然我们历史上肯定有很多坏诗，但是经过几千年的大浪淘沙的淘汰，留下来的都是我们的精华的作品。我每读他们的诗，内心就充满了感动，我愿意把这个感动传给下一代的人。我就是教外国人，我也是把我内心真正的感动传达出来的。所以，虽然我的英文不完美，可是我的学生非常喜欢听我的课，我就在温哥华留下来了。后来温哥华（UBC大学）很快就给了我终身的聘书，我就在温哥华安定下来了。

看到北京的灯火，我流下泪来

那个时候，到 1974 年，加拿大也跟中国建交了，我就回国探亲。1974 年，写了一首长诗《祖国行》，我当时真是兴奋。可是那个时候，我想我再也不能回国来教书了，那时候还是"批林批孔"的尾声，但是我还能够回到自己的祖国，真的是非常兴奋。你们现在要看那个《原乡》，也许以电视剧来说不是很好的电视剧，可是你们就不知道当时我们到台湾的人，当我们回不到自己的老家的那一份怀念。所以我说"每依北斗望京华"，能够回来看到我的故乡，看到我的家人，看到我的同学、朋友的那一份兴奋。我坐飞机快到北京，远远地看见一片灯火，所以我是"遥看灯火动乡情"。我说我"眼流涕泪心狂喜"。我这个人其实很坚强，为我个人，我从来很少流泪，除非我家人的死生离别，还有就是我去国三十年之久，远远地看到北京的灯火，我是流下泪来的。所以你们不了解我们这一代人当年这一片怀念故乡的感情。我有一个女同学,也是辅仁大学中文系,比我晚一班,她不是坐飞机,而是坐火车,她说她从一上广州的火车就流泪,一直流到北京。现在年轻人很少能体会这样一份感情了。所以我就回到祖国,但是我想我只能够参观,不能够教书了。

"四人帮"打倒以后,我就看到消息,说国家恢复了高考,我马上就申请回国来教书,所以我回来的时候正是1979年。78级的学生刚刚考上来的时候,学生满心的欢喜,我也满心的欢喜,所以我说:"春风往事忆南开,客子初从海上来。喜见劫余生意在,满园桃李正新栽。"在座的陈洪校长,当时他是研究生,他亲眼看到1979年回来同学的热情,和我的热情的景况。

我还写了第二首诗:"依依难别夜沉沉,一课临岐感最深。"我本来就是白天的下午教书,我偶然在课堂上引了几首词,他们就要求说老师你不要净给我们讲诗,你也给我们讲词。那时没有时间在白天排课,就晚上讲词,最后那一节课,一直到吹灯号响了,我们才下课。他们毕业三十年了,让我写这两句诗,我说"卅载光阴弹指过,未应磨染是初心"。你们这些个当年那样的求学的热情,那么崇高的理想考进了学校的人,毕业以后三十年,你们进到社会之中,或者进到官场之中,你们这三十年,有没有被社会、官场所污染,还是当初那一片纯真的、求学的、充满了爱国的理想的心意吗?所以我说"未应磨染是初心"。

可是就在我觉得我现在也能够回国教书了，理想实现了的时候，我还经历了一件悲惨的事情。就是我千辛万苦在北美、温哥华成立了家庭，我也得到终身聘书，我的大女儿跟我的女婿出去旅游的时候，开车出了车祸，两个人同时去世了。所以佛说因缘祸福，因缘祸福是你所不知道的，你所不能掌握的。1976年，我女儿去世，我说：

> 噩耗惊心午夜闻，呼天肠断信难真。
> 何期小别才三日，竟尔人天两地分。
> 哭母髫年满战尘，哭爷剩作转蓬身。
> 谁知百劫余生日，更哭明珠掌上珍。

我哭母亲，母亲去世那是在抗战的时候，"哭母髫年满战尘"。我父亲跟我到了北美，埋葬在了温哥华，"哭爷剩作转蓬身"。

我讲人生的因缘，我的心路历程，我想一个人是要经过很大的痛苦和打击之后，"一拳击碎虚空"。我一生几十年为我的家人，我想维持这个家。我刚结婚，刚生下小孩子，我先生被关了，我要尽我最大的力量把我的女儿抚养长大。到了北美，我先生没有工作，她们在读书，我尽我最大的力量查生字，我要把这个家维持下来。现在家维持下来了，工作也安定了，但是我的大女儿跟我大女婿发生车祸不在了，真是一拳击碎了虚空,让你有一个彻底的大觉悟。

> 万盼千期一旦空,殷勤抚养付飘风。
> 回思襁褓怀中日,二十七年一梦中。

就是在经过这个打击之后,而且也是恰好赶上我们祖国的开放,恰好赶上我们高考的恢复,我马上就决定回国来教书。我当时就以这样的理想跑回来教书了。

当我一拳击碎虚空,其实我还写过一首小诗。我在温哥华,我们院子里边有一棵树,都是横的枝丫,春天开很好的花。有一次下大雪,雪压得很厚,很多树枝都被压断了。我就把这棵树要挽救下来,我就拿着一个竹竿,要把树枝上的雪都敲掉,我也写了一首诗。我说"一竿击碎万琼瑶",那个大雪在树枝上也很美的,我"一竿"把所有的雪都打落了,"一竿击碎万琼瑶,色相何当似此消。"人生的种种的色相,你对于这个繁华世界,对于感情世界的种种留恋,"一竿击碎"。当我一个竹竿把所有的积雪,那么美丽的雪,像花一样的,"忽如一夜春风来,千树万树梨花开",树上像开了很多的花,一竿都给击碎下来了。"便觉禅机来树底,任它拂面雪霜飘",再有风雪扑面地吹来,我不怕了。"任它拂面雪霜飘",就是这个时候。

女人有什么学问呢？

我说我一生都不是我的选择，我的结婚不完全是我的选择，我到台湾去也不是我的选择，我去美国也不是我的选择，留在温哥华也是偶然的机会，并不是我的选择。当我一切都失去了，我要做一个最后的我自己的选择。我就选择了回国来教书。

那个时候我在国内一个人也不认识，我就写了一封申请信，通过外交部转交给国家教委。我跟他们说我是什么人，在哪里工作，现在多大年岁，我希望回国来教书。我1978年递上去的申请，1979年国家教委批准了，我就回来教书了。当时国家教委安排的是北京大学，我就住在友谊宾馆，当时接我的教育部的人好像叫赵冀，接待我的是周培源校长。我可以清楚地感受到，当年，我是一个加拿大的在西方教了几十年书的人，特别我还是一个妇女。社会上对于妇女，其实有一种成见，女人有什么学问呢？我可以感觉到，只是国家的安排，因为我申请了，国家叫我回来教书，他们就接待我，在北大教书了。

这时候，南开大学外文系有一位李霁野先生，我跟李霁野先生有一些个因缘。我在辅仁大学中文系读书的时候，李霁野先生在辅仁大学的外文系教书。我的老师顾随先生虽然教我们中文系的诗词，但是他是北大外文系毕业的，他跟李霁野先生是好朋友。李霁野先生是鲁迅的追随者，跟李霁野先生一起追随鲁迅的还有一位叫台静农的先生。台静农后来被邀去做台大中文系的系主任，所以台静农就把李霁野先生也邀到台湾大学去教书了。我刚到台湾的时候在台北，因为我的老师是李霁野先生的好朋友，他说你到台湾要替我问他好，去看望他。我就见了李霁野先生。然后，我先生在左营，当然不能在台北了，我就到左营，然后我就到了彰化女中教书。半年，我先生被关了，又半年我就被关了，从此跟李先生音信断绝。在台湾你有了"白色恐怖"的嫌疑，不敢跟亲友通信。

等到我1979年回到祖国，看到消息，李霁野先生"文革"时候虽然被批斗过，现在复出了，做了南开大学外文系的主任。我跟李霁野先生通信，李霁野先生就说北大的名教授很多，我们南开在"文革"里很多老教授不在了，你回来教书吧。所以我就来到南开大学。

这里还有一个故事，就是与范曾先生有关的一段故事。

陈洪先生在这里，都可以做见证。南开大学中文系请他们一个书记和另外一个人到北京去接我。书记姓任，很热情，他说你这么多年才回来一次，你先不要忙着离开北京，我陪你到北京参观参观。我说参观哪里呢，他说你去过八大处吗，我说还没，他说那就去吧。

我们就到了八大处，到了碧云寺。碧云寺的中山堂正开画展，我一进这个展览馆的大门，右边的墙上第一张画，就是一幅站立的屈原像。因为我是学中文的，就对于屈原的《离骚》背得很熟，我一看这个屈原，我说这张像画得好，把屈原画出来了。我正在看呢，那个展览馆的管理人一个竿子一挑，把画拿下来了。我说，你为什么拿下来了，他说你没有看见旁边有一个日本人，他把这个画买走了。我就跟那个任先生说，真是可惜，这张画这么好，我连照一张相的机会都没有了。任先生说没有关系，这幅画作者（范曾）是我们南开大学校友，以后一定有机会的。还有这么一段因缘。

那我就留在南开了。南开的校长，中文系的诸位老师，连当时是中文系研究生的陈洪先生，还亲自帮我来整理行李。所以南开真是非常热情。从此我就结缘在南开，每年差不多只要温哥华一放假，我还没有退休，三四月，我就跑回到南开来了。所以我在加拿大的温哥华 UBC 一退休，我就回到南开。像天上的鸿雁一样，每一年秋天的九月我就回来了，每一年三月我就走了。如此有三十年之久，就是这样的经历。

我愿意把我们的诗词传下去

现在我就要讲我晚年回到南开以后的心路历程了。我不是说与荷花有一份感情吗？所以我回到南开就写了几首诗，有一首诗就是《绝句一首》："萧瑟悲秋今古同，残荷零落向西风。""萧瑟兮草木摇落而变衰"，这是宋玉的《九辩》，"萧瑟悲秋今古同"。我九月回到南开，那个荷花池是"残荷零落向西风"。"遥天谁遣羲和驭，来送黄昏一抹红"，羲和是太阳的神，我现在来到南开，找到这样一个地方，我如同那个快要零落的荷花，可是居然天上还有落日的斜阳的余晖，给我送来的黄昏的一抹红色晚霞的残光，所以我就来到南开定居了。

来到南开定居以后，我就要写我晚年的心情了。我晚年的心情也是与荷花有关系的。

浣溪沙

为南开马蹄湖荷花作

又到长空过雁时，云天字字写相思。荷花凋尽我来迟。　莲实有心应不死，人生易老梦偏痴。千春犹待发华滋。

"又到长空过雁时，云天字字写相思"，九月是鸿雁向南飞的时候了，雁总是排成"一"字或者排成"人"字，都是代表相思。"荷花凋尽我来迟"，我就算是朵荷花，也是残荷了，这么老了，可是"莲实有心应不死"。《妙法莲华经》说"花开莲现，花落莲成"，所以莲里边有莲蓬，莲蓬里边有莲心。"莲实有心应不死"，我看到考古的刊物说从一个汉墓发掘出来一粒两千年前的莲子，把莲子培植、栽植了，居然还长叶开花了。"人生易老梦偏痴"，我当时回来的时候还没有这么老，现在真是，已经是九十岁了。

虽然是人生老了，但是我有一个梦："千春犹待发华滋"。我的梦就是把中华的古典诗歌的那些个出色的诗人、词人，他们的感情，他们的心性，他们的理想，他们的志意，他们的生命的感受，在他们的诗词里边永远长存。只要是一个真正懂得古典诗歌的人，尽管那些作品是千百年以前的，你现在读起来，还是会受到他们的感动。

有一次有访问的人问，叶先生，现在的很多人都不欣赏、不懂得古典诗词了，你想这个诗词将来还有什么兴盛的机会吗？我说只要人心不死，诗歌自己是有生命的。所以杜甫说"摇落深知宋玉悲，风流儒雅亦吾师"，宋玉跟杜甫相隔了有千年，而杜甫读了宋玉的作品受到感动。辛弃疾有一首词，说"老来曾识渊明，梦中一见参差是"，我到年老了才懂得陶渊明诗的好处，我做梦就梦见了陶渊明，就跟我理想中的陶渊明一模一样，"梦中一见参差是"。所以不管相隔多少年，诗歌自己的本身，它是有它的感动，有它的生命，只要有感情，稍微有一点古诗修养的人，永远会受到它的感动。

我本来还想读几首近作，我讲得很零乱，你想，九十年有多少诗，有这么多可以讲的，可是时间不够了。这是我昨天才写的四首诗。

第一首：

> 春风又到海棠时，西府名花别样姿。
> 记得东坡诗句好，朱唇翠袖总相思。

恭王府每年春天要举行一个海棠的雅集，叫我们要写这个海棠雅集的诗。恭王府与我有一段很密切的因缘。因为我是辅仁大学毕业的，辅仁大学我们女生的校址，就是恭王府，我就是在恭王府里边念的书。所以讲到恭王府的海棠，我很有感慨，我昨天就写了四首诗。九十岁，从 1924，现在已经到了 2014 了。"春风又到海棠时，西府名花别样姿"，这恭王府的西府海棠是非常有名的。"记得东坡诗句好，朱唇翠袖总相思"，苏东坡写过定惠院的海棠，"朱唇得酒晕生脸，翠袖卷纱红映肉"，那是苏东坡的诗句。

第二首：

> 青衿往事忆从前，黉舍曾夸府第连。
> 当日花开战尘满，今来真喜太平年。

我读书的时候，是八年抗战，从高中到大学，1941 进大学，1945 毕业，正是抗战的后半的那四年。所以那个时候我们的老师写诗，也写海棠，那里面都充满了对战乱烟尘的悲慨。所以我说"青衿往事忆从前，黉舍曾夸府第连。当日花开战尘满，今来真喜太平年"。我常常跟年轻人说，你们要珍重，你们没有经过我当年经过的战乱流离，你要知道我们得到今天的太平岁月，是非常不容易的。

第三首：

> 花前小立意如何，回首春风感慨多。
> 师友已伤零落尽，我来今亦鬓全皤。

这是写实,我在我的班上是年龄最小的一个人,因为我小时候不是正规的小学、中学升上来的,我是同等学力升上来的,所以我是我们班上年岁最小的一个人。我现在说,真是有很多的悲慨,不用说我的老师不在了,我的同学也不在了,所以我说"师友已伤零落尽,我来今亦鬓全皤"。

第四首:

> 一世飘零感不禁,重来花底自沉吟。
> 纵教精力逐年减,未减归来老骥心。

现在只要有人叫我讲诗词,我都义不容辞地愿意尽我最大的力量去讲。这是因为我真的喜欢诗词,我愿意把我们的诗词传下去。

诗中的梦与梦中的诗

十五岁,我写了一首含有"梦"字的诗

我今天要讲的是非常个人的一个题目:诗中的梦与梦中的诗。说起来这是一种很奇怪的缘分。我教书七十年了,从1945就开始教书,没有间断,连产假都没有休,而且常常同时教好几个学校。过去几十年所讲的其实都是很客观的。我是教诗词,教古文的,诗词古文都是前人、古人的作品。文学史或者鉴赏或者中西方的理论,都是比较客观的。我跟横山书院是有一种很奇妙的缘分,我一到横山书院来,从第一次讲就变成非常个人化的一个演讲。第一次讲的是《我与莲花及佛法的因缘》,上次是《九十岁的回眸》,这些都是我现实的生活。现在我要讲的不是现实的生活,是我诗中的梦,与梦中的诗。

人人都会有梦。我直到现在还记得小时候的一个梦。小时候当然也有很多梦,但是我记得最清楚的一个梦,不只做过一次,常常都做这样的梦。这个梦是很奇怪的,我就梦见我的两只手臂有翅膀的作用。我家是古老的大四合院，很大的院子，有前院、中院、后院，跨院还有几个院。我就梦见我站在我家的院子中间，我手一动就会飞起来，也飞不出去。因为我很少出大门，外边的这些个高山大海什么都没看见过，所以就是在我家的院子里，从前院飞过后院，飞过跨院，常常做这个梦。我把这个梦写到诗集里边作为第一首诗。我有一个诗词稿的集子，上面都标注了我写作的年代。我是1924年出生，第一次写诗大概是十一岁。

1939年十五岁那年，我写了一首含有"梦"字的诗。我小时候被关在家里，哪里都不能去。我就整天待在院子里边，在院子里看见什么就写什么。我伯母跟我母亲很喜欢种花。院子里面开辟一些个花池，花花草草的，夏天就有很多蝴蝶飞来。有一年的秋天，我还是个小女孩，我就看见我们那个很大的院子四方的砖上掉下一只小白蝴蝶。我就蹲下来看这只蝴蝶。我就想，它怎么不飞起来呢，我在旁边拍一拍，它也不动。我就想它是不是飞不起来了。那个时候我就作了一首诗，我说："几度惊飞欲起难，晚风翻怯舞衣单。三秋一觉庄生梦，满地新霜月乍寒。"

这是我第一次诗里有"梦"字。但是那个梦不属于我，只是因为我看了《庄子》，用了"庄周梦蝶"的典故。也可以说，我在那个时候就开始想人生的目的。很奇怪，我小时候喜欢思考人生的意义跟价值，所以是："几度惊飞欲起难，晚风翻怯舞衣单。三秋一觉庄生梦，满地新霜月乍寒。"就写了这么一首诗。总而言之，我在诗里边很早就出现"梦"这样的字样，那个梦只是一个典故。

人生能被诗感动，多么美好

后来，我先生在台湾的白色恐怖中被关起来了。我，还有我教书的学校的校长，以及六个教师都被关起来了。出来以后，我和我先生的工作和宿舍就都没有了，无家可归。我只好抱着我吃奶的女儿投奔亲戚，我先生的姐姐的家里边。他姐姐、姐夫刚到台湾，住处也很窄小，只有两间小小的卧室。他姐姐、姐夫住一间，她的婆婆带两个孩子住一间。所以我就只能在晚上大家都睡了以后，在走廊上铺一条毯子，带着我吃奶的女儿在那里睡。半夜人家都睡了，我才能睡。第二天早上，人家都没有起，我就要起来。夏天人家都午睡，我的孩子哭，不能吵人，我就到外边。你要知道，南台湾的夏天多么热。我找一个树荫底下，抱着我的孩子，在那里徘徊地行走。等人家都睡醒了午觉，我再抱着孩子回来。我是过这样的生活。那时候当然没有心情去作诗。所以现实之中，我早已把诗词放下了。我既不看诗词，不读诗词，也不写诗词。这诗词就来到我的梦中了。

我今天要讲的第二篇作品不是诗,是一个联语,就是对联。这是中国语言文化的一个特色。因为我们是单音独体的方块字,所以只有中文有四声的音调,而且有对偶。如果用英文说美,是 beautiful,是好多的音节;说春是 spring,有好多的音节,没有办法把它对起来。可是我们中国每个字都是方块的,每个字都可以对起来。这是我们中国语言文化的一种特美,我们讲究平衡,一种 balance,就是相对偶的。我就曾梦到一副对联。

我从小时候,就学习对对子。要想学作诗,先要对对子。对对子才能对词性和平仄分得清楚。名词对名词,动词对动词,形容词对形容词,天对地,雨对风,大陆对长空,就是这个对对子。我抱着孩子寄人篱下的时候,不作诗,也不读诗,我就在梦中有一个联语。

我那时候离开了故乡,在台湾白色恐怖之中,不但回去故乡不可能,连亲人的音信都不能通。其实我每天都想要回到我的老家。在当时,先生被关,我也要被关了,无家可归。我当然怀念我的故乡,可是故乡已经回不去了,连书信都不能通。我就常常做梦,梦见我回到我老家的那个大四合院。我记得我进了院子,进到我们的大门里边。可是不管是前院、后院,还是跨院,所有的门窗都是关闭的,我不得其门而入。

我有时候也梦到教我诗词的老师，顾随先生。本来我的母校辅仁女校是在靠近什刹海的后海的恭王府。我的老师顾随先生就住在学校附近。有时候下课，我就跟我的同学走过什刹海附近，到我老师家。我梦中也是跟我的同学去看望老师，走到什刹海附近。什刹海长满了高高大大的芦苇，没有一条路可以走过去。这就是我当年的梦。

有一天晚上，我就梦见一副对联。我这人喜欢教书，因为教书有诗词的一个感应，我被诗感动了，学生也被诗感动了。你想，人生能够互相有这种感应，是多么美好的一件事情，所以我喜欢教书。我梦见了我在北京教书，要给学生讲一副对联，我在黑板上写出来，一个字一个字讲得很仔细。醒来的时候，还记得这副对联："室迩人遐，杨柳多情偏怨别"，别字要念入声，"雨余春暮，海棠憔悴不成娇。"

"室迩人遐"，这四个字出于《诗经·郑风》："其室则迩，其人甚远。"我怀念一个人或者我爱慕一个人，这个人呢，其实住家离我很近，但是我想要见他一面，其实是很难。中国古人说《郑风》"淫"，里面有很多男女的爱情的事。所以"室迩人遐"，这是《诗经》上的很现成的一句话，但是我想这就代表我梦魂之中的一种追求，一种使命，永远找不到，永远走不通。

"室迩人遐，杨柳多情偏怨别"，杨柳，柔条披拂，树色遥看近却无，隐约之间就有了绿色了。柳条的那种长条的披拂，那种绵长，那种柔软，就如同千丝万缕的情丝一样，杨柳是多情的象征。可是杨柳这个多情的植物很不幸，古人总是折柳送别，送朋友走就折一个柳条。所以杨柳多情，但是它总是在送别的时候被人折断。这就是"室迩人遐，杨柳多情偏怨别"。这都是古代典故，但是这也是我当时的心情。我要回去不能回去，我要见我的亲戚、我的朋友、我的老师、我的同学，但是见不到，只能分别。

下一联，"雨余春暮，海棠憔悴不成娇"，"雨余春暮"就是下过雨以后，春天就走了，海棠憔悴也不长久。本来开得那么美丽的海棠花，那么娇美的海棠花，一阵雨过后，所有的海棠都零落在地了。你要知道我被关起来不过是二十五岁而已，已经经历这些忧患。所以"室迩人遐，杨柳多情偏怨别；雨余春暮，海棠憔悴不成娇"。

1960年，我刚刚经历白色恐怖，那时候怀念故乡，所以我梦到家乡。1972年的时候，我先生被放出来，我也被放出来了，就证明我们没有"匪谍"的嫌疑。我一向是教书的，而且我教书的时候，学生非常喜欢我，喜欢听我讲课。等我先生被放出来后，我就找到一个教书的工作。就是我以前教书的彰化女中，有一个做训导主任的女老师，她知道我是教书的，学生也很喜欢我，她听说我被放出来了，她就马上写信叫我到台北的二女中来教书。我就到了台北的二女中。

到台北二女中以后，台湾大学那边有我几个老师，戴君仁先生等约我到那边教书,但二女中不肯让我走。所以我同时就是两班子的导师。每天大字、小字,大楷、小楷,周记、日记,两班子的作业,跟冰山一样高。后来淡江大学成立后,中文系主任是我老师,就把我拉去教书了。辅仁大学复校了,系主任是我的老师,又让我去教书,所以我就教了好多的学校。

用李商隐的诗做一个梦

那个时候,北美的汉学家要想到中国大陆来学习我们的古典文学是不可能的。大陆那时候不跟西方资本主义来往,而且那时候可能也不教这些古典的诗词了,所以北美的汉学家就都跑到台湾去。于是台湾大学的校长,就把我交换到美国去教书了,所以我就跑到美国去了。本来是交换的密歇根大学的教授,后来中间来给我们面试的一个哈佛大学的教授就把我约到哈佛去了。因为我先生他想要出去,但是他没有办法出去,所以他一定让我出去,出去好把他接出去,把两个女儿接出去。

出去后,他就不肯回台湾了,可是我要回去啊。我在台湾三个大学教书,还有我八十岁的老父亲,我就回来了。我先生没有工作,我两个女儿我在台湾也养不起。这时,哈佛又请我去教书,我却没有能够去成功,为什么呢?因为台湾的美国办事处不给我签证了。美国办事处人员说,你已经把先生接出去，女儿接出去，你来接你的父亲，等于移民，你去办移民，不能够以交换教授的身份出去了。那我就没有办法了。

全家就是我一个人工作养活。哈佛没有去成，他们就介绍我到了加拿大的 UBC 大学。我就说明了我的条件，我说我是中文系毕业的，我的英文不好，我只能用中文教你们的研究生。他说，我们有两个研究生，所以留你做导师。可是你不能只教两个研究生，你要教大班，你要用英文教。用英文教，你想，我这中文系的怎么用英文教呢？所以我就觉得很难过。我在大陆或者台湾讲，我喜欢跑野马，可以吟很多人的诗词。我在加拿大用英文讲，一首诗我都翻译不出来，我能吟很多首诗词吗？所以我就觉得是很痛苦的一件事情。但是我没有办法，我有一家人要养，上有八十岁的老父亲，我先生也没有工作，两个女儿一个念大学，一个念中学。我每天晚上查生字，查到半夜两点，第二天用生硬的英语去给人家讲课。

我是 1969 年到的加拿大，1972 年就又梦见了几首诗。我上次在梦里边的联语上下两个联是完整的。1972 年做的这个梦，它不是完整的。我就梦见两句："换朱成碧余芳尽，变海为田夙愿休。"只有这两句，是我梦里边的句子。梦里边不是很完整。我醒了以后，想把它凑两句，变成四句的一首诗。可是醒的时候脑子太清楚了，理性的思维跟我梦中的句子怎么也配不上。什么叫"换朱成碧余芳尽"？就是眼看着红花都零落了，所有的花都落完了。"变海为田"，我什么时候能够把沧海变成桑田，什么时候能够把我的生活、生命改变。"换朱成碧余芳尽，变海为田夙愿休"，我醒来以后，凑不上来了。我背李商隐的诗背得很熟。我就用李商隐的诗凑了两句："总把春山扫眉黛，雨中寥落月中愁。"

　　李商隐的诗原来有这一句，但是当我用到我的诗里边，就跟他的意思完全不一样了。我有我的理解，我有我的用意。李商隐是怎么说的呢？"总把春山扫眉黛"，这句出于李商隐的《代赠》二首。李商隐这个人，写诗是写得很好，写他自己的命运多舛，仕途之艰。他这个人喜欢开玩笑，也写一些开玩笑的诗。这个《代赠》就是李商隐的一首开玩笑的诗。他说："东南日出照高楼，楼上离人唱石州。总把春山扫眉黛，不知供得几多愁。"有两个心爱的人分开了。他替那个人写了一首诗。他说"东南日出照高楼，楼上离人唱石州"，《石州》是离别的曲子，跟那个人离别。这个女孩子"总把春山扫眉黛"，说眉头画得弯弯的，像春天的远山一样。眉就代表这个女子颦眉有忧愁的感觉，所以说"不知供得几多愁"。

　　他本来就是写一个女孩子的离愁。我用了它，说"总把春山扫眉黛"，意思是虽然我的遭遇"换朱成碧余芳尽"，我的希望、我的愿望"变海为田夙愿休"，但是我的信心没有改变，我"总把春山扫眉黛"。

"雨中寥落月中愁"是出自李商隐的《端居》，他说"远书归梦两悠悠"。李商隐一生都是在外边幕府之中辗转流离，跟他的妻子、儿女都是分别的。他说我盼望远方的书信，远方的书信没有来；我希望我有归梦，能够梦回家里去，我的梦也做不成。"远书归梦两悠悠，只有空床敌素秋"，有什么人陪伴我，抵挡外界的一切的寒冷和困苦艰难呢？"只有空床敌素秋"，我只有一张空床，没有家庭，只有空床来面对那寒冷的秋天。"阶下青苔与红树"，阶下没有人行走，长满了青苔，雨中那些树叶都变红了，"雨中寥落月中愁"。

我就从他的两首诗，每一首诗里边掐出一句来，"换朱成碧余芳尽，变海为田夙愿休"，我的年华已经消失了，我的愿望都失落了；但我没有放弃我自己，"总把春山扫眉黛"，虽然这样，我毕竟是哀伤而忧愁的，"雨中寥落月中愁"。

在孤独寂寞之中的持守

我又用李商隐诗里的句子作了两首诗,其一:

> 波远难通望海潮,朱红空护守宫娇。
> 伶伦吹裂孤生竹,埋骨成灰恨未销。

李商隐的诗有它原来的意思,我把它的意思都断章取义,变成我的诗里边的意思。"波远难通望海潮",如果水里边有游鱼,水中的鲤就会给我带来一点信息。但是这个水波那么遥远,鱼很难渡过这个海水走过去,也没有鲤书从远方传过,所以我说"波远难通望海潮"。

虽然是这样的隔绝,虽然是在孤独、寂寞之中,"朱红空护守宫娇"。古人说女子如果贞洁,就养一个守宫(壁虎),用朱砂喂它,它身体变红了,把它的血揉出来,涂在手臂上,就有一片红色的血迹。这是男女不平等的时候,男人要考验女子贞洁的方法。我离开你了,就把你的手臂刺破,用朱砂养一只壁虎,把那个血揉在你的手臂上,就留下一个红印,永远不会消失。除非你失掉了你的贞洁,这个红色就没有了,用这个来考验女子的贞洁。面对孤独寂寞,我是持守住我的朱红的,所以"朱红空护守宫娇"。

"伶伦吹裂孤生竹",伶伦是古代一个乐师,他的笛子吹得非常好,说是孤生竹子做的那个笛子,声音特别响亮。最后是"埋骨成灰恨未销"。原句都是李商隐的句子,都被我断章取义,跑到我的诗里来了。

后来我又作了第三首诗:

> 一春梦雨常飘瓦,万古贞魂倚暮霞。
> 昨夜西池凉露满,独陪明月看荷花。

这一首诗只有一句是我的,前三句都是李商隐的,我那一句就是"独陪明月看荷花"。因为我喜欢荷花,我曾梦见在一个荷花池旁边,一轮皓月当空,我就陪着明月看荷花。我用李商隐的诗凑成了四句。

"一春梦雨常飘瓦,万古贞魂倚暮霞",李商隐是写山上的一个圣女的池塘,他说那个神仙的池塘,雨丝那么细微,那么缥缈,像人的梦境一样。"一春梦雨常飘瓦",圣女的情丝是一春的梦雨在瓦上飘飞。"万古贞魂倚暮霞",她那持守的贞洁,内心的灵魂,万古的贞魂,好像是黄昏日暮的天上的晚霞一样地红艳,一样地高远。"昨夜西池凉露满",昨天晚上西池上下了满池的露水,"独陪明月看荷花"。

不去实现的梦就只是梦

那一段时间是比较哀伤的,我后来就慢慢转变了。转变是什么时候开始的呢?我以前说过,我一生都不是我的选择,只有回来教书,是我的选择。到台湾去,不是我的选择,是我先生的工作调动;去美国也不是我的选择,是台大把我派出去;而我先生出去了不肯回来,都不是我的选择。只有回到祖国来教书是我的选择。

听过我《九十岁的回眸》的讲座的人就知道,我一辈子都是在命运之中,是顺服着命运,尽我最大的努力,在一切的挫折苦难之中站起来。等我到五十岁,在加拿大的家也安定了,两个女儿都结婚了,一个最大的打击来了。我大女儿跟我的女婿,开车出去出了车祸,两个人同时不在了。我一辈子辛辛苦苦地,要把这个家支撑起来,都是我一个人把这个家支撑起来的,可是我一辈子这么辛苦支撑的家,到现在,落空了。我两个女儿都结了婚,我该尽的责任都尽了。我的大女儿、大女婿，开车出去，忽然间出了车祸。这个时候，我就要做我自己的选择。我以前都是为了家庭，这次我做了我的选择，我要回来教书。20世纪70年代初的时候，我就做了回国教书的决定。我现在写的都是梦，我的教书是现实。

我曾经写过几首诗，其中一首：

> 向晚幽灵独自寻，枝头落日隐余金。
> 渐看飞鸟归巢尽，谁与安排去住心。

"向晚幽灵独自寻"，我一个人带着我要回国的信去到马路边上投递。"枝头落日隐余金"，我眼看着树枝上那个斜阳，那个金辉，金黄色的树叶闪烁的金辉，逐渐地消失了，所以"向晚幽灵独自寻，枝头落日隐余金"。"渐看飞鸟归巢尽"，我看见所有的飞鸟都回到它们的巢里去了；"谁与安排去住心"，我是应该就这样留在国外呢，还是应该回去？

当时是暮春三月，温哥华的樱花盛开，满地都是花。我又作了一首诗，"花飞早识春难驻"，花飞落了，我知道，花一定飞落了，春天一定会走了，人一定会衰老跟死亡的。当时我已经过了五十岁。"梦破从无迹可寻"，你有一个梦，你要回国，你要倾你自己的心力去把诗词传给下一代，这个梦如果你现在不实现,梦就是一个梦。所以花飞,你就知道春不会留,"花飞早识春难驻,梦破从无迹可寻",就什么都不会留下。我自己就决定回来教书了。

回国教书后的梦中奇遇

　　回来教书以后我做的梦就不同了。这个梦还真的是一个梦,不是梦里边的一句诗。我那时候常常各种跑,国内,国外,就是各个地方跑来跑去地教书,讲学。有一天做了一个梦,梦见一个旅行团,有一个大 box 车,我就跟那旅行团的人在一起。我就问,我们今天要去参观什么地方,到哪里去呀?那些旅行团的人就说,我们今天去的这个地方,叫千帆一缆。一千个帆船,有一个缆绳把这个帆船拴住。我说千帆一缆这个名胜我怎么从来没有听说过呢,千帆一缆在什么地方?他说你不要问,你到了就知道了。

　　那我就跟大家上了车,坐在这个大旅行车里,就到了一个地方。这是个很奇怪的梦。我做梦梦见很清楚,到的这个地方有一个很高大的山,一个高大的山峰,围绕着这一个山峰底下,都是小的岩石片。这个岩石的片就像船帆一样,而且隐约之间,岩石片里边好像还有一个佛像的样子。我一看就恍然大悟，是千帆一缆。所有的这些小岩石片都像帆船一样，一个缆绳，都归到这个山根底下来了。

然后旁边的那个旅行团的人有人说了，说那边还有一个景色，你们要不要去参观。我说好，我当然要去。我们一群旅游的人就到远处参观。参观什么地方呢？就是一个房子，一个白墙黑顶的、很朴素的房子。我们说这个房子有什么好看，进去看一看。于是这一个旅行的团队就都进到那个小的黑顶的白房子里边去了。一看空空洞洞的房子，一无所有，大家转头就都出去了。说这有什么，没什么好看的。我走在最后，我还在徘徊，没有出去。房子里边有一个小门，那个小门开了，一个老人出来了，他说这里边还有一间房间，你要不要看一看啊？我说好，我当然要去看一看了。这个老人就开了门，我就进到里边这个房间。里边的房间里，高高低低的木板架上都是各种的植物，各种的花草。那个老人就跟我说，这每一棵花草，都是世界上的一个人。然后就走到一个架子上边，上面有一棵仙人掌。仙人掌本来一般带刺不开花的，那个仙人掌上却有一朵小小的红花。那个老人就跟我说了，他说这个就是你，你不用浇灌，不用特别地保护，也会开花的。

这个很奇妙，所以我醒了就作了一首诗。"峭壁千帆傍水崖"，一个高山的峭壁底下有很多像帆船一样岩片，高山千帆。"空堂阒寂见群葩"，一个空房子，空空洞洞的，没有人,没有声音,就看到这个小房子四周围都是花草。"不须浇灌偏能活",这个活字是入声,所以我一定要把它读成入声。"一朵仙人掌上花",我就是那个仙人掌上一朵小红花。我就做了这么一个奇妙的梦,然后我写了这么一首奇妙的诗。这是梦中的诗。

隔着千百年的共鸣

后面就不是真的梦了,后面是我有梦的字样的诗。我曾偶阅黛安娜·阿克曼(Diane Ackerman)女士所写的《鲸背月色》,这是一部西方人的著作,写海里边的鲸鱼在日月的大海之中游来游去。鲸鱼你以为它不会说话,但是万物有灵,只是你不懂它的话就是了。这个书里边说的是远古之事,在大海没有被污染以前的很遥远的古代。大海的此岸有条鲸鱼,在大海彼岸的鲸鱼能够听懂它的话。

我看了这本书就写了一首词。"广乐钧天世莫知,伶伦吹竹自成痴",钧天指在天上最高的那个天界,据说天界里边演奏的音乐是广乐,非常美好,非常复杂,非常动听的音乐。什么人听见过呢?"广乐钧天世莫知,伶伦吹竹自成痴",伶伦是古代一个乐师,他用一个孤生的竹子做了一个笛子,吹出非常美妙的、与众不同的声音。但是他没有资格,他没有机会到广乐钧天去参加那个大家的乐队的演奏。

我现在是另外一个意思了,现在我说的是天上应该果然有广乐,只是我们没有听见。"广乐钧天世莫知",我们凡俗的世人没有人听过,我们不理解,我们不知道。"伶伦吹竹自成痴",那个最懂音乐的伶伦他用孤生竹吹成美妙的音乐。虽然没有听到天上的音乐,但是我要吹出很美丽的音乐。所以我后面就说了,"郢中白雪无人和"。这是《列子》上说的,有一个人演奏阳春白雪的曲调,但是郢中的城里边的人没有一个人听懂他的曲子,没有一个人欣赏他的音乐。所以我说"域外蓝鲸有梦思",郢中的人都听不懂,说不一定大海彼岸有一条大鲸鱼会懂得这个音乐。那在大海的遥远的那一方有没有一个鲸鱼,它能够听懂我的话,或者听懂我的音乐呢?

"明月下,夜潮迟",明月底下,晚上很晚的深夜有夜潮,就涨上了。"微波迢递送微辞",如果有这样一条大鲸鱼,那就随着大海的水波把我的声音,我的信息,从大海的此岸,传到大海的彼岸去吧。"遗音沧海如能会,便是千秋共此时。"如果有一条鲸鱼,如果这条鲸鱼会说话,如果它有它的感情和思想,它把它的声音,留在那汪洋的大海之中。如果这沧海之中留下了这么一个渺小的鲸鱼说的话,"遗音沧海如能会","会"是"理会","解会","懂得了"。如果有这样一个人,"便是千秋共此时",那纵然我们隔着千秋万世,千万年,我们内心之中具有了一个互通的了解。

所以杜甫曾经说"摇落深知宋玉悲,风流儒雅亦吾师"。

唐朝的杜甫就理解了战国时代的宋玉的语言。辛弃疾说:"老来曾识渊明,梦中一见参差是。"隔着千百年,千百年以后的人就从他的微波之中对他有了感应,有了理解。所以我说:"明月下,夜潮迟,微波迢递送微辞。"[①]我们隔了千秋万代之久,心灵已经有了共鸣了,"遗音沧海如能会,便是千秋共此时"。这是我后来的诗,你看跟我当年的诗不大一样。

[①] 叶先生这首《鹧鸪天》,整首词如下:广乐钧天世莫知,伶伦吹竹自成痴。郢中白雪无人和,域外蓝鲸有梦思。 明月下,夜潮迟,微波迢递送微辞。遗音沧海如能会,便是千秋共此时。

在黑暗的永夜,心头的灯火仍闪动

后边还有一首《鹧鸪天》。有朋友寄给我一本图片书,上面都是古老的油灯。中国用油灯的历史是很久了。从以前一个小碗盛油,用棉花做捻子,到后来变成有一个油捻子,一个油罩子的煤油灯。有一个朋友送给我一个画册,上面都是中国历史上的各种老油灯的图像,其中一盏油灯,与儿时旧家所点燃者极为相似。

我们家从前是点过油灯的,我们是一个古老的家庭。在没有电灯以前,或者在抗战时候,北平沦陷时候,停电的时候,点一个小小的油灯,外边都用黑布什么把它蒙起来,遮住它的光。所以我一看这个老油灯,跟我们家里点的那个老油灯很相似,我就写了这首诗。而且我就想到唐朝的李商隐写过一首诗,他的诗的题目就叫《灯》,这首诗就是写灯的。李商隐开头说,"皎洁终无倦,煎熬亦自求"。灯它一直点燃,一直给我们光明,它一直在那里燃烧,一直在那里发光。但是它是燃烧了它自己，它是煎熬才给我们发出光来，它是自己心甘情愿地燃烧自己发出光来的。

灯有不同的命运。有运气好的灯，"花时随酒远"。古代的文人，春天花开的时候，大家饮酒，一边饮酒，一边看花。"只恐夜深花睡去，故烧高烛照红妆"，就点着一盏灯来看花饮酒，点着灯来看。所以我说有的灯是幸运的灯，它被诗人拿着去看花，这个是"花时随酒远"。开花的时候，随着这个饮酒的人，他就到各处去看。可是不幸的灯呢，"雨后背窗休"。当下雨的寒冷的夜晚，把这个灯放在一个角落，把它熄灭了，灯就有不同的命运。

那个朋友，寄了这个图册，我看到那个古老油灯的相片，引起了我很多的联想，想到李商隐的诗。我就写了这首《鹧鸪天》：

> 皎洁煎熬枉自痴，当年爱诵义山诗。酒边花外从无份，雨冷窗寒有梦知。　　人老去，愿都迟。蓦看图影起相思。心头一焰凭谁识，的历长明永夜时。

"皎洁煎熬枉自痴"，你要煎熬自己，你要发出光亮把皎洁的光给人，是"枉自痴"，你自己真是有点傻劲。"当年爱诵义山诗"，我就非常喜欢李商隐这首诗。"酒边花外从无份",能够被人拿着去看花饮酒的那种美好的生活,我不是那样的灯,我一辈子没有过那样的生活,酒边花外那种享受的生活我没有,我没有幸运得到过。"雨冷窗寒有梦知",我是雨冷窗寒的,"雨后背窗休"的那样的一盏灯,所以人老去,只愿独处。现在已经人老了,写诗的时候是2001年七十九岁了,所以"人老去,愿都迟"。

我现在看到我小时候在家里边点的那个灯的灯引,我这一辈子过去了,我的一切的美好的愿望都没有能够完成,我是那个"皎洁煎熬枉自痴"。可是那是我心甘情愿的,所以我是"心头一焰凭谁识",我心里边还有一个灯影,那个灯的火焰也还在闪动,没有人认识。"凭谁",有哪一个人认识我心里边的闪动的那点火焰。但是就在黑暗的永夜的长夜之中,那个火光,那个灯光的心头那一点火,仍然是在闪动的。这是又一个与梦有关系的。

我希望有一颗莲子落在泥土之中

最后这首是我在2001年为南开马蹄湖所作的。"又到长空过雁时,云天字字写相思"。那个时候也是有人赞助我,加拿大的一个朋友,听说我们这个研究所没有办公的地方,就捐赠了"中华古典文化研究所"的那个楼,现在我完全让给中文系在用。当时我还住在外国专家楼的东门这边,我要到研究所去,就要一路走过去。我大概都是九月回到南开,走在路上时候,天上有一排雁在叫,叫的时候我一抬头,排成一个"人"字的一群雁飞过去了。所以我就写了这首词。

"又到长空过雁时,云天字字写相思",白云天上,那个飞雁的雁影,写的都是相思的感情。为什么呢?因为雁是排成一个"人"字,人就代表对人的怀念。所以李清照的"雁字回时,月满西楼",代表的是对人的相思怀念。

"荷花凋尽我来迟",我秋天来,马蹄湖的荷花都凋落了,我来晚了。可是我说,就是莲花凋落了也没有关系,"莲实有心应不死"。莲花结了实,莲蓬里边有莲子,莲子里边有莲心,莲心落在土里边,明天它会长出另一棵莲花来。"人生易老梦偏痴",真是人生易老,我回首九十年,恍如一梦。"千春犹待发华滋",我的小名叫荷,我希望,能够有一颗莲子落在泥土之中,发芽长叶,以后也许会长成另一棵莲花。

这就是我诗中的梦与梦中的诗。

中国词究竟美在哪里?

我今天讲的题目是跟"花间词"①有关，可是我要以辛弃疾《汉宫春·会稽秋风亭怀古》为例证来讲述。这个题目很长，牵扯得很多，也很遥远。

诗与词，不是一回事

中国人常常说"诗词"，把诗与词连在一起讲，好像两个都是韵文，都是抒情写景的。其实诗与词是截然不同的两种文体。诗是纯粹的地道的中国自己的文化里产生的。要说中国最地道的是什么，首先要从语言说起。全世界各种语言一般都是拼音文字，只有中国是象形、会意、形声、假借……中文不是拼音，而是独体单音，每个字占据一个方块，只有一个音节。我们说"花"就是"花"，一个音节，说"flowers"

---

① 本章原标题为《从敦煌曲到〈花间集〉——谈中国词体的特美》，是叶先生 2016 年 9 月 23 日于会稽山论坛所做的演讲。

就有很多音节。每个人，生而具有各种情感，有了情感就需要表达。那我们这种单纯的独体的语言最早形成的诗是什么形式呢？这还要从语言成为词语说起。

比如说"桌"，这个"桌"太生硬、太单调了，要把两个字放在一起才是一个词，所以我们说"桌子""椅子""凳子"，都是两个字构成一个词。这是我们中国语言的特色。

语言的特色当然就影响了诗歌的音节，最早《诗经》是四个字一句的，"关关雎鸠，在河之洲；窈窕淑女，君子好逑"是二二的节奏。可是总是二二二二，这个节奏又未免太单调了，于是就有了五个字一句的诗句，就是二三节奏，《古诗十九首》说"行行重行行，与君生别离；相去万余里，各在天一涯"。中国的诗声韵是非常重要的，很多个字应该怎么发声，这个是有很多讲究。

我从小在一个非常古老的家庭长大，我父亲教我认的那种方块字，我们叫作字号，一个方纸上面写一个字。他在方块上用毛笔写黑色的字，然后用朱砂的红笔在上面圈圈，阴平阳平上声去声入声，圈得非常清楚，读音一定不可以读错的。我父亲是北大外文系毕业的，他常用英文作比，他说英文是拼音文字，它的名词、动词、形容词这些词性有变化的时候，是用拼音来表现。比如说"I learn English"，我学英文，这个"learn"是一个动词，但是它可以变成名词。比如"English learning is not difficult"，就是英文学习不是困难的，这里的"learn"加了"ing"就变成名词了。它还可以变成形容词，"He is a learned professor"，他是一个有学问的教授，"learn"加了"ed"就变成形容词了。

中国文字方块单音，它不能够在拼音上表现它词性的变化，所以要在读音上表现它的变化。比如说数目的"数"，我父亲就在上面画了很多很多圆圈。我们说"数目"时，数就是个名词；"数数"这第一个"数"就是一个动词；"数问之"，就是屡次地问他的意思，数是"多次"，是形容词；数有的时候还作为形容词来用，是繁密的意思。我的父亲就举了《孟子》上的一句话"数罟不入洿池"，罟就是捕鱼的渔网，密的网不要下在深水的池中，因为你把小鱼的鱼苗都捞上来，以后就没有鱼吃了。父亲从小就教给我辨别音调的四声。

我们中国所说的诗，诗中的字形、字音、字义都要跟声音结合在一起的。我们中国传统的声音总是两个字的节奏，延长就是二三的节奏，"行行重行行，与君生别离""青山横北郭，白水绕东城"，它是二三的节奏。可是词不是的，词从一开始就打破了我们本身语言的传统节奏。因为我们原本是语言的节奏，可是词从一产生就是音乐的节奏。敦煌曲子的形成是在唐朝天宝以后，唐玄宗喜欢音乐，所以他就集合了六朝的清曲[①]，后来的胡乐，还有宗教的法曲，把它们集合在一起，形成一种新的音乐。而词，就是配合这种新的音乐来演奏的。

[①] 清商曲辞，是乐府诗的一类；又因地域不同，分为吴声和西曲。吴声多诉相思，缠绵软腻；西曲多言怀远，格调质朴。

词的起源,是许多个偶然相遇

"丝路的文化"敦煌曲子传入中国是一种偶然,它是音乐的节奏,是我们中国以前没有的。当时敦煌的曲子只是因为它唱起来很好听,以音乐来流行,可是没有一个本子。敦煌的曲子当时没有印刷的本子,因为唐朝还没有印刷本,都是卷本写的敦煌曲子,即便是卷本写的敦煌曲子当时在外界也没有流行。可是音乐传出来了,所以就有一些个人,喜欢这些曲子的人,就模仿曲子做了一些音乐。

天下事情也是很奇妙的。这个敦煌曲子从壁中发掘出来以后,正是晚清时代,那个时候国乱民贫,没有人注意到这些从敦煌发掘出来的曲子;是西方的学者伯希和他们这些人来到我们中国,搜集了这些敦煌的曲子,整车整车地运走了,而我们自己什么也没有保存。

天下自然有有心人。饶宗颐先生有一年,那还是 20 世纪 60 年代的时候,他就到法国的国家图书馆去做研究。而英国跟法国距离非常近，只隔英法海峡（英吉利海峡），所以他就在法国的图书馆跟大英博物馆，搜集了所有的敦煌曲子，印了一本很厚的大书，都是照片。也就是说，饶先生把敦煌曲子那个卷本的原件都照相了，用照片印了一本书。当时我正在哈佛大学教书，图书馆就新来了这么厚重的一本书，没有人要看。我是研究词曲的，所以就很好奇，就把饶宗颐先生整理的敦煌曲子拿来看。

我当时只是看了，可是我并没有照相留下来，就是我在横山书院要讲敦煌曲的时候，我就请以前在哈佛的学生去给我拍了这些照片。这本书本来在燕京图书馆，因为这么厚这么大一本书占了很多空间，从来没有人看，于是图书管理员就把这个书搬走了。他好不容易从书库里面翻出来，拍了照片，这就是当时的敦煌曲子词的照片。

第一张是《鹊踏枝》，"独坐更深人寂寂，忆恋家乡，路远隔关山"。这个平仄不对了，它应该是"路远关山隔"。"寒雁飞来无息消"也不对，"寒雁飞来无消息"。"交儿"这个"交"是娇养自己的儿子，很娇养这个儿子，"交儿牵断心肠忆"。敦煌曲子词的抄写人文化不高，所以常常有错字，写曲的人也就是过路的商人，文化程度也不高。可是因为这个偶然的事件、偶然的留存，《鹊踏枝》这个曲子就流传下来了。

在敦煌的曲子里面还有一首《菩萨蛮》，说"霏霏点点回塘雨"，"红炉暖阁佳人睡"，"隔帘飞雪添寒气"，这个

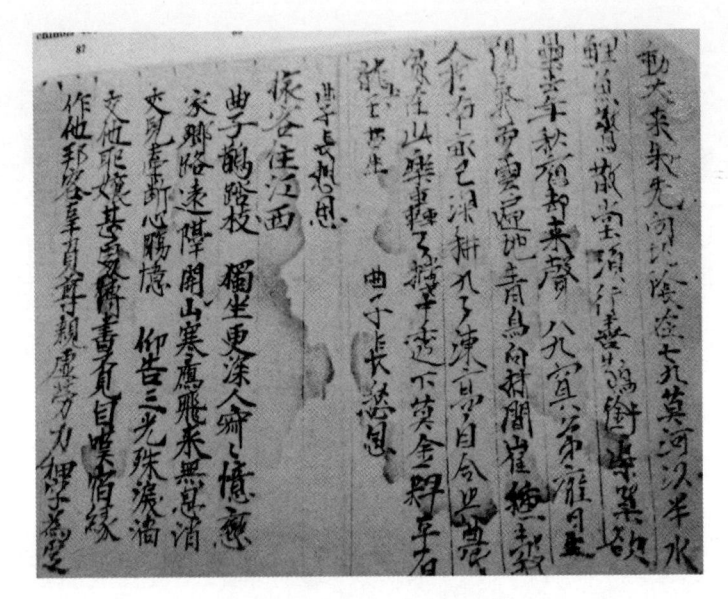

敦煌残卷曲子《鹊踏枝》

我们也不管它。总而言之，敦煌曲子本来是很朴质的、很通俗的，有的时候还有错别字，有的时候文法、句法也不通。虽然敦煌曲子的卷本没有流传，可是音乐传出去了。所以我们后来就有了《花间集》里边的《菩萨蛮》，就是温庭筠的《菩萨蛮》："小山重叠金明灭，鬓云欲度香腮雪。懒起画蛾眉，弄妆梳洗迟。　　照花前后镜，花面交相映。新帖绣罗襦，双双金鹧鸪。"

　　本来敦煌的曲子都是非常通俗的老百姓的曲子。这个《花间集》的出现又是一件微妙的巧合事件，所以词的产生是由很多巧妙的因缘造成的。《花间集》前面有一篇序言,说"则有绮筵公子,绣幌佳人,递叶叶之花笺,文抽丽锦;举纤纤之玉指,拍按香檀"。因为这个起源,它叫作《花间集》。这是孟蜀(后蜀)的时候编的《花间集》,欧阳炯给它写的序言。我们现在说的《花间集》,在书架上就是一本书,可是用英文说,是"collection of songs among the flowers",是花间里边、花丛之中唱的歌。是在什么场合唱的呢?他说"绮筵公子,绣幌佳人",在美丽的宴席上,那个少年英俊的才士;在锦绣的帷幕中,那个美丽的年轻的女子。"绮筵公子,绣幌佳人,递叶叶之花笺,文抽丽锦",这个多才的公子就在美丽的笺纸上写下那些美丽的爱情和美女的歌词,他一定是写爱情和美女,因为他是要交给那些美丽的歌伎酒女去歌唱的。这就是所谓的《花间集》,就是给美女写的歌词。所以敦煌的曲子出现是一件奇妙的事情。

写到美女和爱情,他们总有一点不安

《花间集》的出现是一件奇妙的事件。本来宋朝的人们也觉得《花间集》的歌词很美妙,要模仿它写一些美女和爱情的歌词,可是他们内心总觉得不平安。一个士大夫道貌岸然,怎么去写美女和爱情呢?所以宋人的笔记就记载了很多他们内心矛盾的故事。黄山谷常常写歌词,有一次一个学道的人就劝他说"诗多作无害,艳歌小词可罢之"。他的意思是:"黄山谷先生,你写很多诗没有坏处,可是写艳歌,写那些香艳的美女,写爱情的小词,可罢之。"这是对小词的轻视,认为它没有分量,轻薄,劝他不要去写了。黄山谷说了"空中语耳",他说我写美女和爱情不代表我就认识一个美女,不代表我对美女有爱情,是"空中语",我所写的只是一个歌词。

可是我说天下的事情非常奇妙。20世纪70年代的时候,西方流行一个说法,我们也这么说,"蝴蝶效应",就是

Butterfly Effect。在南美的雨林之中,一只蝴蝶偶然飞动的翅膀,结果在大洋的彼岸就引起了一场强烈的风暴。这个小词是偶然地写美女和爱情的。可是奇妙的事情就在于,这些本来是游戏的笔墨,就像黄山谷说的"空中语耳",可是就是这样的小词,却引起了中国传统中一个非常美妙的变化。

我们说诗①是二二的节奏,五个字是二三的节奏,七个字是二二三的节奏。"夔府孤城落日斜,每依北斗望京华"是二二三的节奏。可是小词不是,小词的节奏不是语言的节奏,而是音乐的节奏。这种音乐的节奏就影响了我们书写感情、情意的方式。它可以用更委婉、更细致、更有顿挫、更有节奏的语言来诉说,还不止如此。

从《诗经》"关关雎鸠,在河之洲;窈窕淑女,君子好逑"以来,写美女和爱情的诗歌,也是自古有之的。可是我们就发现,小词里所写的美女和爱情,不但是跟《诗经》里面不同,跟历代的唐诗里面写闺怨、宫怨的也不同。都是写美女跟爱情,它的不一样在什么地方呢?因为我们一般说起来"关关雎鸠",当然是想得到一个淑女来匹配君子,所以它的最后是"窈窕淑女,钟鼓乐之",是在家庭伦理之中,是以家庭为基础的。唐诗里边写到弃妇、写到思妇,她不是在一个家庭里边,可是这些弃妇和思妇也仍然是有一个家庭的背景

---

① 诗,此处指《诗经》。

的。可是小词里面的美女，是没有任何家庭背景的，她剩下的就是单纯的美色和爱情。所以这样的内容，这样的音节形式，结果就产生了一个微妙的作用，就是使得诗人有一种微妙的感情，他不能够用诗说出来的，就用词来表达。

诗是有一个目的的，散文是说理记事的，诗是言志抒情的，志在心为志，发言为诗，情动于衷而形于言，它是言志的、是抒情的。言谁的志、抒谁的情？言作者、言自己之志，抒自己之情。可是现在这美女既没有身份的归属，感情也不是属于作者自己的，因此就产生了一种非常微妙的内容。所以小词里边有很多东西是诗里边不曾写过的，都在词里边表现出来了。

除了形式的音乐性跟这个场合的美女、爱情与传统的诗不同以外，更重要的一点，是这个小词写的美女跟爱情，在节奏顿挫之中，在无目的之中——你没有一个目的，不是我言我的志，不是我抒我的情，可是就在这种微妙的节奏顿挫之间，特别是那些个没有办法用明白的语言表达出来的内心的很深的情感和思念，却无意之中在小词中表现出来了。

小词里难以言说的哀感

更巧的一点,《花间集》是欧阳炯作序、五代后蜀赵崇祚所编的。五代是中国的乱世,多少的人都流离失所,有悲哀和痛苦的经历。像韦庄写的词"昨夜夜半,枕上分明梦见,语多时",写的就是一个美女。可是韦庄写了一组词是《菩萨蛮》。有很多人选韦庄的《菩萨蛮》,只选其中的一两首,其实这是不对的,韦庄的五首《菩萨蛮》是一组词。在中国的诗词里面有很多成组的歌词,杜甫的《秋兴八首》,从第一首到第八首,它的次序是不可以紊乱的,它是一个完整的整体。

有的词是可以紊乱的,不必然是一个整体。有的诗,比如陶渊明的《饮酒二十首》,第一首是个总起,第二十首是个总结,中间的没有必然的次序。阮籍的《咏怀八十二首》,只有第一首是第一首,其他的没有必然的次序。

可是韦庄的这一组词五首,跟杜甫的《秋兴八首》一样,是有一定的次序的，而且是结合他自己的身世背景而作。第一首：

> 红楼别夜堪惆怅，香灯半卷流苏帐。残月出门时，美人和泪辞。　　琵琶金翠羽，弦上黄莺语。劝我早归家，绿窗人似花。

这首词是写跟一个美女的离别，他离开这个美女，就到了江南，"人人尽说江南好，游人只合江南老"。江南怎么好？"春水碧于天，画船听雨眠"。第三首，"如今却忆江南乐，当时年少春衫薄"。他都有一定的次序，到了江南，离开江南，一直到最后写到洛阳，"洛阳城里春光好，洛阳才子他乡老。柳暗魏王堤，此时心转迷。"他最后写到洛阳，此时他已经在四川了。

韦庄在长安有一次应考的时候遭遇到黄巢的战乱，所以他后来就到了江南，在江南住了很多年，再回来考试，等他考中的时候，已经将近六十岁了。他考中了以后，有一次去西蜀当差（担任节度掌书记），结果被前蜀开国君主王建（时任西川节度使）留了下来，后来做了前蜀的开国宰相。所以韦庄这五首词表现了他自己的一生的离乱和悲哀。而他最后说："柳暗魏王堤，此时心转迷。桃花春水渌，水上鸳鸯浴。凝恨对残晖，忆君君不知。"表面上写的是美女，实际上表达的他自己内心的情感。韦庄当时流落在四川回不去了,他说我现在是"凝恨对残晖,忆君君不知",我不是忘记你了,只是我回不去了;我凝恨对着落日的斜晖,我怀念你,我没有办法对你诉说。表面上是借着红楼别夜的美女来写的,是写美女和爱情,可是这个"君"字也有君主的意思。对于国家来说,那个唐已经灭亡了,朱温篡唐,所以忆君君不知。

这是《花间集》又一个微妙的地方。美女没有身份,没有家庭背景,只写单纯的美与爱这个特色,使得《花间集》写的爱情和美女有不同的多方面的意义和价值。因为《花间集》产生的时间是在五代的变乱之中,所以很多人把自己内心难以言说的破国亡家的哀感也写到了《花间集》里面,它有这样微妙的作用。所以《花间集》中词之特美,指的是特殊的美感的特质。就是说韦庄还是能够说出来的,我破国亡家,我的唐这个朝代已经灭亡,我现在留在西蜀不能回去,现在是"凝恨对残晖,忆君君不知"。

无缘无故涌上心头，便是闲情

可是更微妙的其实还不是韦庄，是冯延巳。冯延巳写了几首《鹊踏枝》，是非常微妙的词，惝恍迷离，不知道他说的到底是什么。我们现在就再看一首冯延巳的《鹊踏枝》：

> 谁道闲情抛掷久？每到春来，惆怅还依旧。日日花前常病酒，不辞镜里朱颜瘦。　　河畔青芜堤上柳，为问新愁，何事年年有？独立小桥风满袖，平林新月人归后。

温庭筠的词、韦庄的词写美女，写爱情，不管他里面有没有深刻的意思，很明显地在写一个美女，写的是爱情。可是冯延巳写的是什么？是闲情。什么是闲情？无缘无故涌上心头的，一静下来这种烦恼就涌上来的，这是闲情。你为什么这样烦恼，你为什么这样哀伤？我把它抛弃，我要它离开，我要摆脱这个闲愁。冯延巳从一开始就说了闲情，我要把它抛弃，而且我尽了我的力量，我以为我很努力把它抛弃，可是"谁道"两个字就把它打回去了，"谁道闲情抛掷久"？我以为我抛弃了，可是每到春来，每年到春草生的时候，到春花开的时候，"每到春来，惆怅还依旧"，惆怅的闲情就依旧回到我的心中来了。我因为春天的惆怅哀愁，所以我"日日花前常病酒"。我每一天都在花前喝酒，我已经喝到病了，已经喝到身体都承受不了了，但我还是在日日喝酒。我知道病酒损害了身体，也知道自己因此而消瘦，我"不辞"，我不摆脱，我不推辞，我不避免，就是我清醒地看到我的消瘦，我都不避免。所以冯延巳就很微妙。他有很深的意思没有说出来。那么他到底是说一些什么呢？

饶宗颐先生曾经写过几句话说到冯延巳，他在《〈人间词话〉平议》中选了冯延巳的词，他说："不辞镜里朱颜瘦，鞠躬尽瘁，具见开济老臣怀抱。""日日花前常病酒，不辞镜里朱颜瘦"与这个"鞠躬尽瘁"有什么关系？鞠躬尽瘁是谁？诸葛亮《后出师表》说"臣鞠躬尽瘁，死而后已"。从开国到辅佐后主，怎么样维持一个将要灭亡的国家，这是开济，开是开创，济是挽救，即如何开创、如何挽救这样一个危亡的国家。那么冯延巳这首小词与诸葛亮的"开济老臣怀抱"有何关系呢？

所以我们要讲到冯延巳的生平。我常常说天下有一个人，生下来就注定了是悲剧的命运，天下有这么不幸的人吗？一出生就注定了这一辈子是不幸的命运，天下怎么会有这样的人，可是很不幸，冯延巳就是这样一个人。为什么如此呢？因为冯延巳的父亲冯令頵，是南唐的开国君主李昇的一个最好的朋友，也是最重要的一个大臣。冯延巳跟南唐李昇的儿子，就是南唐中主李璟是一起长大的。他和一个将要灭亡的国家结合了这么密切的关系，中主李璟做吴王的时候，他给李璟做掌书记；而李璟做了君主的时候，他就做了南唐的宰相。

可是南唐的处境是战不可以进，退不可以守，是注定就要灭亡的国家。你在一个注定就要灭亡的国家做了宰相，所有的批评都来了。讲和的，你现在不和，反对你；讲战的，你现在不战，也反对你。所以他真是在危恐烦乱之中，做了一个必走向亡国之路的宰相。他内心有多少忧愁烦乱，没有办法向人表白。小词的妙处，就是你不能够向人表白的最深刻、最幽微的那种缠绵悱恻的感情，小词表现出来了。

所以他说："日日花前常病酒，不辞镜里朱颜瘦。河畔青芜堤上柳，为问新愁，何事年年有？"他说你看，每年青草生的时候，每年杨柳绿的时候，我的忧愁就引起来了。"何事年年有？"为什么我的闲愁抛不掉？为什么每年的春草绿每年的春柳青时，我的哀伤就涌上心头呢？最后"独立小桥风满袖，平林新月人归后"。真是孤独，真是寂寞，真是哀伤。

他把内心悲哀痛苦无以言说的话通过小词写了出来。我一个人独立小桥，桥不是一个房子，不能遮风不能避雨，是人行过之处，没有人在桥上停留，从这头走到那头就离开了，但是我一个人独立小桥。小桥没有遮拦，满袖的寒风，我在这里站立，没有离开，没有躲进房子里去，"独立小桥风满袖"，只立到"平林新月人归后"。

所以说词是非常微妙的。一个歌筵酒席之间写美女跟爱情的歌词，最能够表达真实内心很多哀愁而不能表达出来的这种幽微隐约的情。韦庄有破国亡家回不去的悲哀，冯延巳有在一个必亡的国家做宰相的难以言说的烦恼和悲哀。所以小词就有了这样微妙的作用。

男子眼中的美女，女子心中的爱情

可是本来《花间集》里都是写美女和爱情的。我们就看两首正常的《花间集》里边的小词。一首就是给《花间集》写序的欧阳炯写的一首词《南乡子》："二八花钿，胸前如雪脸如莲。耳坠金镮穿瑟瑟，霞衣窄，笑倚江头招远客。"诗有一个题目，比如说杜甫有一首诗，有一个很长的题目，叫"至德二载，甫自京金光门出，间道归凤翔，乾元初从左拾遗移华州掾，与亲故别，因出此门，有悲往事"。他说，我当年曾经是"京金光门出，因出此门"，我现在出去做华州掾仍然经过这个门，"有悲往事"。好长的三十多个字的长题目写他自己，他为什么写这首诗，他内心有痛苦和悲哀。

可是小词呢？它没有一个题目，就是写美女和爱情。所以欧阳炯就说"二八花钿"，二八是十六岁，十六岁是女孩子最美妙的年纪。我带我两个女儿刚刚到美国去的时候，美国的商店有一个店铺叫 sweet sixteen，甜蜜的十六岁。

所以"二八花钿，胸前如雪脸如莲"。这完全是男子对美色的欣赏。"耳坠金镮穿瑟瑟"，戴着耳环，穿着瑟瑟，瑟是青绿色的珠子。白居易有一首诗，"一道残阳铺水中，半江瑟瑟半江红"，这半边是青绿的颜色，那半边是红的颜色，因为天上有晚霞，"一道残阳铺水中，半江瑟瑟半江红"。"耳坠金镮穿瑟瑟，霞衣窄"，穿着五彩的美丽的衣服，"笑倚江头招远客"，这个女孩子是一个摆渡船的女子，所以"笑倚江头招远客"。

用西方女性主义的文学批评来说，这叫 Male Gaze，male 是男性，female 是女性，gaze 是视角，男性视角，也就是男人眼中看女人的感受，所以这是男性写女性。

《花间集》里面还有一首词，是薛昭蕴写的，是一首《浣溪沙》。

> 越女淘金春水上，步摇云鬓佩鸣珰，渚风江草又清香。　　不为远山凝翠黛，只应含恨向斜阳，碧桃花谢忆刘郎。

他写的是一个女子，"越女淘金春水上"，她耳朵上戴着金镮、步摇，"云鬓花颜金步摇"，一走动这个装饰会随身摆动。他说"不为远山凝翠黛，只应含恨向斜阳，碧桃花谢忆刘郎"，刚才那是男子的口吻写眼中所见的美丽女子，这个是用女子的口吻写她对于爱情的期待。这是《花间集》里边典型的词，就是写男女的爱情。

　　《花间集》产生在一个乱离的时代背景下，所以有冯延巳的作品，所以有韦庄的作品，因为他们身经乱离，很多身世之感慨都写进去了。那么薛昭蕴的这首《浣溪沙》，只是写一个江边的采莲的女子，或者是摆渡船的女子，或者是淘金的女子。可是你要知道，不同的人就会写出不同的意境，不同的人就写不同的美女。所以小词就又产生了一种微妙的情况，不只是韦庄跟冯延巳有国家危亡的悲慨，写出这样的词来。

词人的修养不同，词的境界便不同

我们现在就看欧阳修的一首《蝶恋花》。这是说一个人的修养自然就在他的词里边流露出来的。同样写美女，同样写江边的美女的生活，欧阳修怎么写的呢？他说："越女采莲秋水畔。窄袖轻罗，暗露双金钏。"写的不是男人眼中看的"胸前如雪脸如莲"，也不是用女子的口吻写的"碧桃花谢忆刘郎"，他用客观的眼光和笔法写一个在江边采莲的女子，"越女采莲秋水畔"。

写一个女子的容貌和装饰，像欧阳炯就写"胸前如雪脸如莲"，薛昭蕴写"步摇云鬓佩鸣珰"。可是欧阳修所写的这个女子，什么样一个女子？"窄袖轻罗，暗露双金钏"，她是窄袖，当然采莲不能穿长袖，要么你袖子都掉到水里去了；"轻罗"，薄薄的罗衣，你是隐约可见的，不是"步摇云鬓佩鸣珰"，不是"胸前如雪脸如莲"。在她那个窄袖的轻罗里边，你隐约看见她戴着一双金钏，就是手镯，"窄袖轻罗,暗露双金钏"。所以这个女子的衣饰就代表这个女子的不同,也代表这个作者所写的对于美的观感的不同。"照影摘花花似面,芳心只共丝争乱",古代的镜子也没有现在这么普遍,所以平常女孩子还不大清楚自己的容颜是多么美丽,可是当她采莲的时候,她一低头看见水面上自己的影子,"照影摘花"看见自己如花的容颜,"照影摘花花似面,芳心只共丝争乱"。

为什么看到自己如花的容颜,她芳心会乱呢?一个人如果过去不认识自己的美好,现在忽然间认识到自己的美好,对于自己的美好有一个认识的时候,就会想到要如何保持这份美好,如何交付这份美好,如何完成这份美好。作为一个人,你认识没认识到你的美好,你自己的意义和价值究竟在哪里,你的意义价值你如何去完成它,你要交付给什么人,如何交付给一个人,交付给一种事业,"照影摘花花似面,芳心只共丝争乱"。

当她"照影摘花花似面",她自己沉入到一种内心情思的时候,时间过去了;当她沉吟思想的时候,时间过去了。所以"鸂鶒滩头风浪晚",已经是傍晚黄昏了,水面上起了风波了,所以"鸂鶒滩头风浪晚"。"雾重烟轻,不见来时伴",天傍晚了,苍然暮色自远而至,所以"雾重烟轻"。近的是雾,远的就是烟,雾重烟轻。那时候当年的女孩子采莲都是结伴而行,她跟一群女孩子出来采莲。可是当她照影摘花发现花似面的时候，当她沉吟之中，当她发现自己的美好，想到如何完成和交付的时候，那身边的女孩子不见了，那几个女孩子已经走了。

我就想到陶渊明《归园田居》中写的一首诗，他说"试携子侄辈，披榛步荒墟"，我带着我的儿子、侄子等晚辈的孩子们，我们就在这荒村之中散步。他本来是带着一群孩子出来的，可是到最后，陶渊明说"怅恨独策还"。满怀的惆怅，满怀的幽恨，我一个人拄着拐杖回来了，小孩子到哪里去了？《人间词话》引晏殊的词，"昨夜西风凋碧树，独上高楼，望尽天涯路"。你什么时候，忽然间离开了这一群人。陶渊明是写子侄辈，可是当他沉入到自己的思想感情之中的时候，"怅恨独策还"，孩子不见了。当这个女孩子照影摘花花似面的时候，那些女伴已经都走远了，所以他说"雾重烟轻，不见来时伴"。

"隐隐歌声归棹远，离愁引著江南岸"，别人唱的采莲歌，那歌声越走越远了。而随着歌声就引着我们离愁，什么是离愁？相思，怀念的感情。自己对于感情有所期待，希望有所投注的感情，是她"照影摘花花似面"的时候引起来的感情。那"离愁引著江南岸"，整个的江面上从水上到岸边都是我的离愁，我的情思。

欧阳修写的时候，有过什么，要写什么深思熟虑的寄托吗？欧阳修没有的。我们说不同的人就说出来不同层次的话，不同修养的人就有不同的境界，所以这是欧阳修的境界。同样写江边的美女，可是他跟欧阳炯他们所写的美女是不一样的。

不是所有的壮志未酬都是豪放

截止到现在，我们所讲的都是美女和爱情，都是婉约一派的词作。我们说只有婉约的词人写这种幽微婉约的感情。可是我今天关于词之特美的演讲，是以辛弃疾《汉宫春·会稽秋风亭》为例来讲述的。

我认为，《花间集》的出现，敦煌曲的出现，这都是一种偶然的机缘。人生有很多偶然的机缘，就产生了很微妙的一种结果。小词形成了这样一种微妙的意境。词这种题材可以表达你难以言说的幽微曲折的一种情思，不像我们说诗是言情的，诗是写志的，"致君尧舜上，再使风俗淳"，直接写自己。可是小词不是的。杜甫"致君尧舜上，再使风俗淳"，这个"朱门酒肉臭，路有冻死骨"，作者直接说出来。可是有些感情是你不能直接说出来的，内心之中有一种千回百转的幽微悱恻的感情无法言说，是只有美女一派的婉约的词人才有这样的感情吗？不是，所以我们现在就是要用辛稼轩的一首所谓豪放一派的词,可是稼轩的词实在说起来真是幽微曲折,真是词的特美。

我之所以举了稼轩词,只是因为我觉得大家讲会稽山都是讲诗,会稽山的诗是太多了,所以我就找了一首会稽山的词。诗是一个题目,可是词不管是《浣溪沙》还是《菩萨蛮》,它不是一个题目,它是一个曲调,就是这个音乐、这个词的歌曲的曲调的名字。所以《汉宫春》是一个曲调的名字,等于都是无题。《汉宫春》是辛弃疾在会稽山的时候所写的。辛弃疾是什么时候来到会稽山呢?我们就要把辛弃疾做一个简单的介绍。

辛弃疾生在南宋的高宗绍兴年间,那个时候他的故乡山东已经沦陷了,所以他是生在沦陷区的。可是他的祖父是一个非常爱国的人,从辛稼轩十几岁就叫他到金的首都燕都去参加考试,实际上不是为了参加考试而是为了勘察北方的形势,意图将来如何光复北方沦陷的土地。

辛稼轩是二十三岁组织的义勇军,后来也参加了一个更大的义勇军耿京的队伍。二十三岁,他觉得孤立在这种沦陷区里的义勇军没有前途,一定要跟祖国有联系,才有希望。所以他就渡江到南方到建康来见高宗。高宗答应给他们一些官职,他就带着几个朋友义勇军的人过去。当他走的时候,他们的队伍里的汉奸,把义勇军的头目给杀死了。他回来的时候,义勇军已经投降了,他已经找不到原来的头目耿京了。他就冲到敌人的军帐之中,擒捉了叛徒张安国,把他安在马上,快马加鞭地就回到临安去了,把俘虏的人献给了高宗。稼轩晚年回忆他这一段壮举说:"壮岁旌旗拥万夫,锦襜突骑渡江初。燕兵夜娖银胡䩮,汉箭朝飞金仆姑。"这是他少年的壮事。可是他下面说:"追往事,叹今吾,春风不染白髭须。却将万字平戎策,换得东家种树书。"

稼轩南渡以后,从二十三岁渡江南来,到六十多岁去世,他在南宋差不多是四十年。四十年间被放废家居,被免官家居前后有二十年之久。所以稼轩的词说是豪放的词,但里面含有很多幽微悱恻的情意,而且稼轩读书多,记忆力也很强,处处都是典故。

《汉宫春》这首词是辛弃疾镇守绍兴时所作。稼轩二十三岁献俘南来,然后就一直做很卑微的小官。到二十六岁的时候,高宗死去,孝宗继位,他就进献《美芹十论》。我当年把辛弃疾的所有的集子都读了,读他的《美芹十论》《九议》,那真是让人感动。他对于国家的钟爱,对于财政、经济、军事各方面的分析如此之详细,真是怀着伟大的志向和才情,可是却不被任用。

三十一岁,他献了《九议》,没有结果;后来,他又献了《十论》,也没有结果。辛弃疾三十六岁时,南方发生了"茶寇"叛乱,他把这个叛乱弭平了。然后他给皇帝上了一个奏折，他说："我虽然把盗贼平定了，可是你还要讲求怎么样休养生息，怎么样安抚老百姓，不能靠着兵力去把造反的盗贼弭平。要想怎么样休养老百姓，不要产生变乱，而不是等到变乱产生后去把它扫平。"

平定"茶寇"，上完奏折后，三十八岁，辛弃疾做了湖北的安抚使。等到他四十一岁的时候，在湖南做安抚使。当时他训练了飞虎军，又建了一个最强的军营。当他建军快要完成的时候，皇帝孝宗下了金牌。皇帝给岳飞下了十二道金牌，他马上就回来了。稼轩不然，给他下了金牌，让他停止建设飞虎军，辛弃疾却把金牌藏了起来，下令给老百姓说："我限你们两天之内把瓦片都凑齐，把营房盖成。"让老百姓奉献各种的建材，把飞虎营盖好了。然后他奏给皇帝说："你的金牌我收到了，我的营房已经盖好了。"

从他到南方来以后，他一直就想做一番事业，可是当他四十二岁的时候，稼轩被免官了。因为稼轩这个人自己有谋略、有思想、有魄力，说干就干，很多人嫉恨他，而且他的主观见解是非常强的，要做什么事情，很多人意见跟他不合，大家都弹劾他，所以他四十二岁就被免职了。他第一次落职是四十二岁，落职差不多有十年之久。然后他再次出任，五十三岁的时候又被罢免了。他前后罢免了有二十年之久。

豪放且幽微：辛弃疾词的特美

南宋宁宗的嘉泰三年，稼轩已经六十四岁了，他放废家居闲居了那么久，再一次被起用，让他知绍兴府，兼浙东安抚使。他当时已经六十多岁了，被放废家居了这么长久以后，他最后的希望就是要做一番事业，就是这个时候他写的这首《汉宫春》。在《全宋词》里面有一个人叫张梓的，曾经写了一首词也是《汉宫春》，他是和辛稼轩的《汉宫春》。他说建了秋风亭以后，稼轩就写了这首《汉宫春》寄给张梓，请他和词。这就证明了会稽山的秋风亭是稼轩建的。

我们现在看他的《汉宫春·会稽秋风亭》：

> 亭上秋风，记去年袅袅，曾到吾庐。山河举目虽异，风景非殊。功成者去，觉团扇、便与人疏。吹不断，斜阳依旧，茫茫禹迹都无。　　千古茂陵词在，甚风流章句，解拟相如。只今木落江冷，

> 眇眇愁余,故人书报,莫因循,忘却蒓鲈。 谁念我,新凉灯火,一编太史公书。

稼轩的词绝不是肤浅的叫嚣的那种词,什么"尧之都,舜之壤,禹之封。于中应有,一个半个耻臣戎"(陈亮《水调歌头·送章德茂大卿使虏》)。他不是叫嚣,不是豪放都说出来。稼轩是豪放的词人,但是稼轩的豪放与别人的豪放迥然不同,真是缠绵悱恻的,是词的特美。

"亭上秋风",这是秋风亭,秋风起来了;我记得去年,"记去年褭褭,曾到吾庐",一年容易又秋风,又是一年过去了。"山河举目虽异,风景非殊",这是出于《世说新语》。《世说新语》说那些东晋的高官渡江南来,然后他们聚会的时候说"风景不殊,正自有山河之异"。所以"山河举目虽异,风景非殊",而这里面他用的是《世说》的典故,其实隐含着他对于故乡、对于沦陷的北方的多少的思念,都没有说出来。"功成者去,觉团扇、便与人疏",刚才我说的欧阳修"照影摘花花似面",你完成了自己吗?你真的把自己的理想志意实现了吗?对得起自己的才能吗?所以"功成者去",你成功你就走。

杜甫曾经写过一首诗叫《除架》,写一个种瓜种豆的瓜架。秋天的时候,瓜豆都收获了,就把这个架子给拆除了,杜甫这首诗就叫《除架》,把这个瓜架拆除。杜甫诗中有两句说得非常好,他说"幸结白花了,宁辞青蔓除",说得真是好。他不是说"幸开"白花了，是"幸结"，"结"就是结婚的那个结，是个入声字。读中国的旧诗旧词，一定要把平仄音读得正确，很多入声字，一定要按照入声读，因为音乐是诗词美的一部分。"幸结白花了"这五个字说得真是好。你不开花，你开的白花现在结了，你是结了瓜结了豆，"幸结白花了"只要我完成，我结了瓜也结了豆，我这一世的生命就完成了。"宁辞"，我就不避免，我就不推辞，"青蔓除"，你把我的根叶都删除了，把我的瓜架都拆了，没有关系。你把我的瓜架拆除了没有关系，你把我这个藤蔓都剪除了没有关系，因为我结过瓜了，我结过果子了。"幸结白花了，宁辞青蔓除"，是功成者去。

稼轩还有一首写夏禹的词，夏代的禹王，《生查子·题京口郡治尘表亭》，上阕是："悠悠万世功，矻矻当年苦。鱼自入深渊，人自居平土。"夏禹平定洪水，使人可以平地而居，那些水鱼都流到深川，我们才有一个地方土地可以居住，风水去了，我们才有平地可居。所以他说："悠悠万世功，矻矻当年苦。鱼自入深渊，人自居平土。""红日又西沉"，斜阳的红日又西沉，"白浪长东去"，每天有日出日落，每天有江水东流。"不是望金山，我自思量禹"，禹王平洪水的功劳使人民都平土而居，你完成你的功了。

所以稼轩真是一心一意地要完成他自己"壮岁旌旗拥万夫，锦襜突骑渡江初"的这种伟大的志愿，但他一直被废用在家，直到晚年六十多岁才起用，到了浙东的绍兴府。所以他说："风景非殊。功成者去，觉团扇、便与人疏。"刚才所说的"风景非殊"是暗含着他对故乡的怀念。"功成者去"，他是感慨人家夏禹王真的是成功了。"团扇"，你曾经被人扇过，曾经在别人的怀袖之中曾经有过这么一段生活，就算秋天被放下了，你曾经完成过你自己。所以"功成者去，觉团扇、便与人疏"。如果没有被用过就被弃置了，这是稼轩的悲哀，所以"吹不断，斜阳依旧，茫茫禹迹都无"。每一天红日西沉，每一天白浪东去，"斜阳依旧，茫茫禹迹都无"，我们寻找大禹遗留下的踪迹都找不到了，"功成者去"。

下阕，"千古茂陵词在，甚风流章句，解拟相如。只今木落江冷，眇眇愁余，故人书报，莫因循，忘却莼鲈。""茂陵秋雨病相如"（李商隐《寄令狐郎中》），写的是司马相如的典故。司马相如以文学完成了他自己，"千古茂陵词在"，我辛稼轩不能够收复失地，不能够完成自己，只剩下填词了。所以他说"千古茂陵词在，甚风流章句，解拟相如"，我就是填词终老了。"只今木落江冷，眇眇愁余"，这是楚辞的《九歌》，"袅袅兮秋风，洞庭波兮木叶下"，所以他说"只今木落江冷"，又到木叶黄落的时候了，江水木落江冷，"眇眇愁余，望美人兮，江一方"。我的期待、我的盼望、我的志意都在哪里？所以"只今木落江冷，眇眇愁余"。

"故人书报，莫因循，忘却莼鲈"，这是用的西晋张翰的典故。张翰当秋风起,就思念家乡的莼羹鲈脍,官都不做了就辞职回到故乡去了。"故人书报",你要知道你已经六十多岁了,你"莫因循,忘却莼鲈"。

稼轩在早年写的一首词《水龙吟·登建康赏心亭》里用过这个典故。"楚天千里清秋,水随天去秋无际。遥岑远目,献愁供恨,玉簪螺髻。落日楼头,断鸿声里,江南游子。把吴钩看了,栏杆拍遍,无人会,登临意。休说鲈鱼堪脍,尽西风,季鹰归未?"自己应该回家,应该想到秋风起,有鲈脍了,我回到哪里去?这是他早年所写的词,早年就是不知要回到哪里去。

稼轩只是不甘心他这一生没有完成,直到六十多岁让他知绍兴府兼浙江安抚使,他还要出来做,他还希望收复失地。他在镇江还要置办红衲袄,给兵士们置办红色的棉衣。他说:"如果胜利的话,我们要渡江回到北方,北方冷,需要棉衣。"他一生没有忘记要回到自己的家乡,要收复失地。所以,"只今木落江冷,眇眇愁余,故人书报,莫因循,忘却莼鲈。"

"谁念我,新凉灯火,一编太史公书",谁真的会想到我,顾念我,知道我的内心。现在在秋天的新凉之中,我自己独对着一盏灯火,面前摊开的是太史公书——太史公写的《报任安书》。司马迁在《报任安书》中说,我现在所以不辞被腐刑的种种痛苦,就是因为我草创了《史记》,意欲"通古今之变,成一家之言"。"草创未就,会遭此祸",所以我忍受了各种的屈辱和痛苦，只因为我要做的事情还没有完成，我要把它完成。所以稼轩六十多岁出来做浙东的安抚使。所以他说，"新凉灯火，一编太史公书"。他所有的悲哀感慨，这么多的意思都没有说出来，都是千回百转，幽微隐约的，而这种美就是词的一种特美。

灯火阑珊处的那个人究竟是谁

上面那首长调写得有词的特美。稼轩不止这一首词,我还要带大家看一首稼轩的小令:

鹧鸪天
博山寺作

不向长安路上行,却教山寺厌逢迎。味无味处求吾乐,材不材间过此生。　　宁作我,岂其卿。人间走遍却归耕。一松一竹真朋友,山鸟山花好弟兄。

这稼轩写得真是好,这么短的一首小令。他被放废家居了近十年,废弃不用,他满怀的雄心壮志,收复失地、回到家乡都不能够完成,所以我"不向长安路上行""却教山寺厌逢迎",我每天只是到博山寺,我再没有朝廷,我每天只是到这个庙里来,这个山寺一定觉得我怎么每天都来,山寺都觉得"厌逢迎"。

"味无味处求吾乐,材不材间过此生",寻常的两句,但是说得真是好。"味无味处",我稼轩现在壮志未遂,年华老去,还有什么快乐,味无味处,在最没有滋味、最没有意趣的地方,我找寻我的乐趣。"材不材间过此生","壮岁旌旗拥万夫",你说我稼轩是个人才还是不是个人才?所以"味无味处求吾乐,材不材间过此生"。

"宁作我,岂其卿。"这个是我吗?这个是当年"壮岁旌旗拥万夫",胸怀壮志南渡来的那个辛弃疾吗?"宁作我,岂其卿。人间走遍却归耕。"我从北到南,从山东到南方、江西、陕西、湖南,我去了多少地方,我做了多少事情,我是要做一番事情,但是我江山走遍,现在被放废家居,我只能回家种田了。为什么叫稼轩?他晚年当然是朝廷不用他了,他无所寄托,就把他的理想寄托都用在他自己怎么样安定一个居处的地方。

所以有人说,稼轩一定赚了很多钱去盖房子。一方面是宋朝这些官员本来的薪水就是很高的,一方面稼轩盖房子不是像一般人的盖房子,稼轩是自己的计划,自己盖的。他曾经写了一首词,《沁园春·带湖新居将成》,他说沿着江水,"更葺茅斋。好都把轩窗临水开。要小舟行钓,先应种柳;

疏篱护竹，莫碍观梅"。所以他自己说要盖一排房子，房子要盖在水边，窗户都要对水而开，要有一片树林，有一片竹林，竹林外边还要有梅花，而且他自己在他的窗外开了一片庄稼地。他曾经有《新居上梁文》，他说"抛梁东"，我按照安梁的礼节，把一些花生、彩纸抛在梁上。"坐看朝暾万丈红"，要向着东方开一面窗户，我要种一片庄稼，窗外一片都是庄稼。"直使便为江海客，也应忧国愿年丰"，我就算是被江海放废了，不向长安路上行，"也应忧国愿年丰"，就像范仲淹的"先天下之忧而忧，后天下之乐而乐"，我还是"忧国愿年丰"。我现在看到每一棵松树、每一根竹子，那真是我的朋友，"一松一竹真朋友"，山间的鸟语、山上的花香，山鸟山花是好弟兄。

你看他写得逍遥自在，里面有多少抑郁悲愤的感慨。这就是说，这种小词有一种特美，它的特美后来在中国传统的词学上，被张惠言（1761—1802年）说是"词是意内言外"，他说"贤人君子幽约怨悱不能自言之情"。他说小词所表现的，是这些有学问、有理想、有才气、有志意的人，他内心的最幽微的、最隐约的、最哀怨的、最悱恻的情思，而他没法直接说出来的。所以是"贤人君子幽约怨悱不能自言之情"。

我们都觉得张惠言未免过甚其词，小词从《花间集》开始都是美女跟爱情，怎么会有贤人才士的幽约怨悱之情？可是事实上真的是如此。从有了敦煌曲，然后有了曲子，然后在五代被编辑，它是为了歌词而编辑，所以有了《花间集》。有了《花间集》的美女和爱情，形成了一种幽微隐约的特殊的美感。所以欧阳修写出来"照影摘花花似面，芳心只共丝争乱"，稼轩写出来这样的词："宁作我，岂其卿。人间走遍却归耕。一松一竹真朋友，山鸟山花好弟兄。"稼轩的词真是有词的特美，所以我们不要只说豪放一派、婉约一派，辛弃疾的词真是有这种深微幽隐的含义。

我顺便要再说稼轩的一首词，大家都熟悉的《青玉案》：

> 东风夜放花千树。更吹落，星如雨。宝马雕车香满路。凤箫声动，玉壶光转，一夜鱼龙舞。　　蛾儿雪柳黄金缕，笑语盈盈暗香去。众里寻他千百度。蓦然回首，那人却在，灯火阑珊处。

我问我的学生，这词什么意思？他说写元宵佳节，他一定跟一个美女有约会，这个美女还没有出现。

当然，从外表看起来这么热闹繁华的元宵佳节，"东风夜放花千树"，"宝马雕车香满路。凤箫声动，玉壶光转，一夜鱼龙舞。蛾儿雪柳黄金缕。笑语盈盈暗香去"。众人都沉浸在元宵的这种欣喜快乐之中，可是"蓦然回首，那人却在，灯火阑珊处"。我以为稼轩在等待的不是一个美女，那个灯火阑珊处的正是辛弃疾自己。因为辛弃疾他渡江南来，他是要收复失地的，等到临安就是"直把杭州作汴州"的时候，这个元宵佳节如此之热闹，如此之享乐的时候，大家已经把杭州作汴州，就忘记了当年沦陷的那一片国土了。而辛稼轩一个人渡江南来，满怀的这种豪情壮志，居然终老在江南了。他面对着不再想抗战的、不再想收复失地的这满眼的繁华，他是满心的悲苦。所以"蓦然回首,那人却在,灯火阑珊处"。所以稼轩虽然是豪放的词人，但是他真是得到小词的一种隐约幽微的美感。

所以，我们能感受到，中国词的特美非常奇妙，它跟诗不一样，它不是直接说出来的，都是言外之意去体会的。

读中国诗词,为什么要学英文?

我现在要引我老师的一封信。我当年在北京读书的时候,跟顾随先生学诗词。1948年,因为我先生在南京工作,我要离开北京到南京去结婚的时候,我的老师曾经给我写过一封信。他说"足下",我老师表示客气就说"足下","年来听不佞讲文最勤,所得亦最多",我的老师的别号是苦水,"然而苦水却不是希望你能为孔门之曾参,我希望你能做南岳下的马祖",就是说你一定要有所开创。可是我的老师说了一句话,我当时完全不明白。他说我不希望你做孔门的曾参,我希望你做南岳下的马祖,然而欲达到此目的,你要有所开创,他说"非蟹行文字不可",你要好好地学英文。

那个时候我完全不明白,我读的是中国的诗词,我为什么要去学英文?而且一般说起来,我是初中二年级的时候,发生了"卢沟桥事变",等我再入学的时候,在日本的统治之下，英文的课程就减得非常少了，我们都是日文的课程了，所以我的英文其实很差。我的老师说，你将来要想在我的学说以外再别有开拓，能自建树，你非取径于蟹行的文字不可。我当时不明白，我以为我也没有办法做到。因为英文不是我的所长，我的所长是中国的诗词。我从来没有想过我要怎么样去做。可是命运是难以言说的，命运带领一个人有各种不同的方法。

1948年，我离开故乡北京到了台湾。1949年的夏天，生下我的大女儿，1949年的圣诞节天不亮，我先生就被海军抓走了，说他有思想问题的嫌疑。不但我先生被抓走了，第二年，我的女儿还没有满周岁，我教书的彰化女中从校长到六个老师都被抓起来了。我带着吃奶的孩子被关起来了。这是台湾当年的白色恐怖。我当时关在彰化的警察局，局长说要把我们送到台北的宪兵司令部去。我就抱着我吃奶的孩子去找了警察局局长。我说："你要认为我有嫌疑，你要关，你就关我在彰化，因为我先生已经被关了，我已经没有家了。你把我关到台北，不认识一个朋友，万一我有什么事情发生，我的女儿连个托付的人都没有。你要关就关在彰化，我在彰化至少教了一年半的书，这里还有我的同事，还有我的学生，你要关就把我关在这里。"警察局局长看我抱着一个吃奶的孩子，看我其实不懂政治，只是讲诗词的，就把我放出来了。

可是我们从大陆到台湾，你有工作就有宿舍，你就有薪水，你就可以生活。现在彰化从校长到教员都被关起来，我出来就没有工作，没有工作，马上我就没有一个遮风雨的屋檐。我也没有薪水，也没有收入，一无所有。我先生早就被关起来了。我是过的这样的生活。我从来没想到我要学什么蟹行文字，我还将来要传法如何，我真是从来没有想过。但是天下就是有很奇妙的事情。

三年以后，我先生被放出来，那时候我在台南的私立中学教书。我在那里教了三年，一个年轻的女人抱着一个吃奶的孩子，先生几年都不出现，人家都用什么眼光看我。我什么都不能说，我不能说我先生被关起来了。我就过这样的生活和日子，从来没想到我要学什么蟹行文字，做什么传法的弟子，从来没有想过。

我先生出来以后，我就到台北教书。我一到台北，台湾大学就把我请去了。我以前的老师戴君仁先生、许世瑛先生就约我到他们的淡江大学、辅仁大学去教书，所以我教了三个大学。早上一连上三个小时，回家吃午饭，下午三个小时，晚上吃过晚饭，夜间部两个小时，没有人想到我教了多少书。那个时候海外有很多西方的人，要学我们中国的文学，大陆是不对西方开放的，所以大家都跑到台湾来。到台湾要学诗词，就会到处碰到叶嘉莹，不但是三个大学，还有两个电台、大学的国文广播、讲古诗的电视台，所以就有美国学校请我去美国教书。校长和我说到密歇根州立大学，我说我的英文不好，你一定让我教研究生，他要懂中文我才可以和他沟通。

后来哈佛大学请我去，我也是只教研究生。可是等我两年的教学期满后，我就回到了台湾。当时哈佛大学留我，我不肯留下来，因为我说不能对台湾失信。三个大学有很多都是我的老师，我不能失信，还有我的父亲八十岁了，我不能把我的父亲放在台湾，就临时给我的先生找了份教汉语的工作，于是我就回去了。等到第二年，我先生的工作没有了，我两个女儿跟他三个人在美国生活，一个读大学，一个读中学，我在台湾供养不了他们，哈佛再请我回去，可是我要带我父亲出去，所以美国不给我签证。

天地之大，在我不知道投身何所的时候，哈佛大学要请我回去教书，他觉得我过不去美国，也最好要留在北美。他就打电话到UBC大学（加拿大不列颠哥伦比亚大学）亚洲系，说有这么一个人就在温哥华，你们需要不需要？亚洲系的系主任普利本就很高兴，说我们正有两个研究生，都是研究唐诗的，我们正发愁没有导师，我们欢迎你来。所以我就临时找了一个工作。

可是他说你要做专任的教师，你不能只教两个研究生，你要教大班的课，大班的课是必须要用英文教，他们不懂中文。所以我就每天查生字查到半夜两点，第二天去用英文讲课，交来的报告、论文，考试都是英文。查着英文讲课，查着英文看卷子，查着英文看论文，所以我是这样走过来的，就是我的老师说的"非取径于蟹行文字"。

词的美，我们要说出一个道理来

其实丝路文化的交流就是一种交流，我们的文化真是应该交流，我们中国的词有这么幽微美妙的含韵。可是到底是什么？词为什么有这样幽微美妙的含韵？张惠言没有说出来，张惠言只是说词是意内言外，可以"道贤人君子幽约怨悱不能自言之情，低徊要眇，以喻其致"。这到底是什么？为什么小词会如此，张惠言没有说。

王国维认为张惠言说得牵强比附。王国维说："词以境界为最上，有境界就自成高格。"境界是什么？王国维整个一本《人间词话》没有答复我们这个问题。词跟诗有所不同，诗我们说是高古、雄浑，我们说杜甫是钟爱缠绵，有很多话可以解说。可是这个词究竟好处在哪里？"谁道闲情抛掷久？每到春来，惆怅还依旧。"他说的是什么东西？它为什么好？真是没有办法。张惠言的比兴寄托这个太牵强了。王国维说的境界这也太玄妙了，到底是什么？所以我当时就不只是查着生字去教，我这人不但是好为人师，其实我也是好为人弟子，我是喜欢学习的。所以那么忙，查着生字去教书，我还去旁听课程。不但旁听外国人开的英文诗歌的课程，我还去听他们的理论课程。于是我就有了很多说法和想法。

  我就想，南唐中主（李璟）的"菡萏香销翠叶残，西风愁起绿波间"。王国维说"愁起绿波间，大有众芳芜秽，美人迟暮之感"。为什么"大有众芳芜秽，美人迟暮之感"呢？冯延巳在南唐做宰相，从南唐的中主就是喜欢歌词的。"吹皱一池春水，干卿何事？"他们平常，你去看他们的传记都是听歌看舞的。南唐的中主，有一次叫他的乐府的官吏歌唱一个小词。这个乐府的歌者就总唱"南朝天子爱风流，南朝天子爱风流"。一整个的歌词怎么唱这一句呢？南唐中主忽然间顿然醒悟，他是在说我们南唐的君主就耽溺在歌舞享乐之中，忘记了国家的危亡。当然后主已经亡国了，这是另外一件事情。中主李璟、冯延巳的歌词就是在两重环境，我现在用英文来说，这是 double context。现在这个小环境是歌舞宴乐，是吟唱歌词，大的环境是强邻压境，朝不保夕。这是 double context。

  小词还有一个妙处，就是我说了，为什么我的老师说你要把中国的诗论词论说明白，你要去学一点蟹行文字。小词的妙处，除了 double context 双重的语境，小环境歌舞宴乐，大环境强邻压境。还有就是 double gender，gender

就是性别，是双重的性别。"昨夜西风凋碧树，独上高楼，望尽天涯路"，这是一个女子的口吻，是一个女子怀念、盼望征人回来，可是作者是一个男子。"照影摘花花似面，芳心只共丝争乱"，他是女子的口吻，可是作者欧阳修也是一个男子。这就是 double gender，双重的性别。一个男子他要作为女性写女性幽微隐约相思怨别的感情，但是他其实把男子的心中的某些幽微隐约的不得已之处，不能够用男子的语言说出来的感情，用女子的语言说出来了，这就是 double context, double gender，是这样的缘故。

这个小词我们虽然说它有 double gender、double context,说的是这些西方的名词的理论。小词里面有个东西，这个东西张惠言说是比兴寄托，人家觉得这个太机械、太死板、太古老、太陈旧了。王国维说里面有个境界，这境界非常抽象，何况王国维举的例证，什么"落日照大旗，马鸣风萧萧"这是大的境界，"细雨鱼儿出，微风燕子斜"是小的境界，举的都是诗。说词以境界为最高，你为什么都举的是诗的例证，那么词的境界究竟是什么呢?

我就看很多西方的理论，然后我就想了西方接受美学的一个词语，Receptional Aesthetic，就是接受美学。接受美学里谈到了，好的作品除了它表面所说的这个思想意义以外，还可以蕴藏含有很多重的意思；而且一个作品，当你只作出来这一首诗的时候，它只是一个艺术的成品，是个

artifact，它没有美学的美感的意义和价值，美感的意义和价值是要读者来完成的。不然的话，就是杜甫诗再好，你给一个不识字的人看，不读书的人看，你跟他念"玉露凋伤枫树林"，他不知道什么意思，他不懂，所以美感是要由读者来完成的。作品里边可以蕴含很多东西，这个是要读者来发现的。

作品里边包含的东西，西方的一个接受美学家就说这个是潜能，是隐含在里面的一种能力。其实过去的很多年，我所努力去探求的就是小词的美感究竟何在。我那里列了有一大堆是我的参考的资料。我所写的论文，把我的十几篇文章都写下来了。古人说文学，"一时代有一时代之文学"，这是王国维说的，说唐的诗、宋的词、元明的戏曲，"一时代有一时代之文学，一时代有一时代的文学批评"。你应该吸收。我们不是说讲要接受、要吸收，我们要吸收这些文化，我们就可以 get。因为现在我已经这么老了，我总希望将来有人能够在这条路上走下去，不是只是模糊地说"真是好""非常好""实在是好"，你能够说出真正的一个道理来，怎么分析，怎么讲解，它为什么好，好的原因何在。

过去也有一些年轻人喜欢搬弄西方的理论，用西方的理论就一定要对中国先有彻底的了解，你也要对西方文论彻底了解，你才能用得恰到好处。当年我在北美的时候，因为学中文的英文不好就没办法去美国留学，在美国留学的人都是学英文的人,但是在美国拼英文就拼不过了,他们就在美国教中文,研究中国文学,研究中文诗歌,就搬运西方的理论套在中国诗歌上,荒谬不堪。台湾的英文系的一个学生到美国去读了中国的文学,然后他就讲中国的诗了,这是非常荒谬的一件事。他说按照西方的理论,中国诗里面香炉就是女子的性的象征,蜡烛就是男子的性的象征,所以我们中国的"玉炉香,红蜡泪"就都变成男性跟女性的性象征了。李商隐说的"春蚕到死丝方尽,蜡炬成灰泪始干",都是男子的性象征和女子的性象征,这是非常荒谬不堪的。所以用西方的理论来讲中国的诗词,你不能盲从,一定先对中国有透彻的了解,也要对西方的理论有透彻的了解,你才能够说把两者融会贯通,能够怎么样把它解说得明白。如果你中文不好,跑到外国学了两天英文就把西方的理论生搬硬套地到中国诗歌的批评上来,这是最荒谬的一件事情,最不应该做的一件事情。所以我虽然引了很多西方理论,但是一定要对中国有透彻的了解,你再去讲西方的理论。

我希望——这是太史公司马迁后来在《报任安书》中说的,他说我所以隐忍苟活,我是"恨私心有所不尽",我的书可以"藏之名山,传之其人"。王国维死了以后,陈寅恪说的悼词:

来世不可知者也,先生之著述,或有时而不彰。先生之学说，或有时而可商。惟此独立之精神，自由之思想，历千万祀，与天壤而同久，共三光而永光。

他说，将来有没有人能够读王国维的书，能够对于先生的时代、先生的心情都能够有所理解，这是不可知的。我希望，我们中国的诗词，我们一时代有一时代之文学，一时代又有一时代之文学批评，能够生生不息，与时俱进。但是要做到这一点，你一定要有很好的中国诗词的修养和体会，你也要对西方的理论有很深的理解和体会，这才能像我老师所说的，"要取径于蟹行文字"。我实在什么都没有做到，所以我才开了一大套书目。我是希望将来有青年人能够完成这件事情。我没有能够完成，希望大家能够完成。

解词需要新的尝试

别有开发，能自建树

讲这个课题①，我要先讲我多年来到现在，恐怕有七十余年之久所努力的一件事情。说七十年以上之久，我要推远到1945年，那是我大学毕业的第二年。我毕业以后，我的老师就给我写了一封信。今天最开头，我要先读一读我的老师给我的这封信。我这里还有我的老师书信原件的一个照片，我老师的书法是非常好的，他写行草。我现在就把这封信简单地念一下，就是其中很重要的一段。

我的老师说："假使苦水有法可传，则截至今日，凡所有法，足下已尽得之。"我的老师的名字是顾随，但是顾随拼成英文，念起来像苦水，所以他说是苦水。他说：

截至今日，凡所有法，足下已尽得之。此语在不佞为

---

① 本章原标题为《西方文论与中国词学》。

非夸,而对足下亦非过誉。不佞之望于足下者,在于不佞法外,别有开发,能自建树。

老师自己很客气,他自称不佞,称我作足下。他前面说"凡所有法,足下已尽得之。此语在苦水为非夸,对足下亦非过誉",那是他希望我的。"不佞之望于足下者,在于不佞法外,别有开发,能自建树。成为南岳下之马祖,而不愿足下成为孔门之曾参也。"他下面这句话是非常重要的,"然而欲达到此目的,则除取径于蟹行文字外,无他途也"。他的意思是说,真是要想在老师的说法的这个道理以外,别有开发,能自建树。

我的老师当时这样写了,其实我的英文当时并不是很好。为什么不是很好呢?因为我生在一个乱离的年代,在我读初中二年级的时候,发生了"卢沟桥事变"。暑假开学以后,我们老师都换了,所有的课本都改变了,只有像历史、地理这样的书来不及印刷改变。老师说,开学的第一天,你们要带毛笔跟砚台、墨盒。然后上课的第一天,从第几页到第几页撕掉,就是我们的历史凡是不合于当时日本占领者之要求的,他要改变历史,所有的文字都要撕掉。不能够整页撕掉的,第几行到第几行要用毛笔涂去。本来初一到初二的时候,我们每周有六个小时的英文,而且我初中二年级英文老师是很好的,他叫我们一定要背,学语言没有第二种方法,要背诵。可是我们被日本占领了以后,英文课就减少了,非常不重要,添了六小时的日本课。我们年轻的学生因为反对日本,日本课我们也不好好地学,结果英文也没有学好。我是中文系毕业的,所以我的英文并不好。老师对我的希望是你要把英文学好,去学蟹行文字。

背井离乡前往台湾

毕业以后不久，1948 的春天 3 月我就结婚，我先生当时在海军工作，我就离开了北京，就去南京。去了南京，我还不错，马上找到私立的中学也教了书。可是不久，就在那年的冬天 11 月，国民党的海军撤退了。我就跟随我的先生一起从南京经过上海坐船，来到了台湾左营（属高雄市）的军区。当时左营的军区刚刚建成，一片荒凉。

说起我先生，大家觉得我很奇怪的，鲁豫上次采访我，她总问我，你平生谈过恋爱没有，我说没有。她说你没有谈恋爱，怎么就结婚了呢。所以我这个人是傻瓜。因为我从小关在家里长大的，没有上过小学，而且家里只有我一个女孩子。我的堂兄，我的弟弟们，都可以跑出去到处交流，可是我就是关在家里面一天到晚地念书。而且我以为快乐。我不是普通地像你们这样念书，我是吟诵。不管是诗，不管是古文，我都大声地拿着调子来吟诵。

当时北京的家本来是四合院，垂花门里面是我们自己住，垂花门外面还有一排南房是我们出租给人住。有很多名人还在我们那儿住过，法国留学的学者盛成先生在那里住过，许寿裳的儿子许世瑛也在那里住过。后来许世瑛先生到辅仁大学去教书，他常常还讲到当年他在察院胡同我们的外院南房住的时候，就是每天听到我在里面大声地吟诵。许世瑛先生去世后，我还写过一首挽诗，说"书声曾动南邻客"，（吟诵声）曾经使他感动。所以我到台湾以后，是离乡背井，我是没有谈过恋爱的。

鲁豫问我，我说是"不遇天人不目成"。我如果对他没有要谈爱情的这种感情，我不应该耽误人家，他写信，我就不回。因为我对这个人根本没有兴趣，我就不回，所以我一个朋友都不交。

我的先生为什么竟然能够乘虚而入呢？是因为我的先生他有一个堂姐，是我初中时代的英文老师。我在学校，心无旁骛，就是念书，我从中学到大学一直都是第一名，所以我只会读书，也没有交朋友，什么都不会。有一年，他的堂姐就跑到我们家里来给我拜年。我就很奇怪，我说学生应该给老师拜年，老师怎么来给学生拜年。原来她要把她的堂弟，就是我后来的先生介绍给我。

我觉得他的堂姐本来是要把我介绍给她的堂弟，后来没有介绍。因为她要介绍的时候，她的堂弟是从后方刚刚回到胜利以后接收的北京来。她以为她的堂弟不错，可是后来她发现她的堂弟不是一个读书做学问的，而且不是她理想之中要介绍给我的人。所以他的堂姐只是把这个意思跟他说了，把我的相片给他看了，并没有介绍我给他认识。

然后我先生就想了一个办法，他在秦皇岛一个煤矿公司工作，他有一个同事是我一个同学的男朋友。我的这个同学过年就给我打电话，她说她的父亲刚刚去世，守灵期间不能够外出，一个人在家里面，希望我们同学来聚会。我想这是人之常情，她一个人待在家里面，父亲刚刚过世，我就到她家里去了。然后就在同学之中跑过来一个先生，跟我谈话。他说我是什么什么人的堂弟，就是说我老师的堂弟，然后他说我的妹妹是跟你同年级不同班的同学，他就跟我拉上很多关系。

我们同学聚会以后，晚上就回家了。那个时候我们都骑着自行车，他就问我，他说你骑车来的。我说是的。他说我也骑车，天这么晚了，我送你回家吧。于是他就认识了我们的家门，就是察院胡同十三号。认识我们家门以后，他就找了一个他的同学的弟弟，也是我弟弟的同学。从此以后，他经常跟同学的弟弟来找我的弟弟。那个时候我们外院的房客都搬走了，所以一排南房是空的。除了我伯父藏书以外，他们就在空房摆了一个乒乓球台，大家在那里打乒乓球，或者下跳棋，有的时候也把我约去，就是这样认识的。

认识了以后,差不多两年,并没有进一步地发展。因为我对他就像我对以前的同学一样,我没有真的感情,我不愿意做伤害人家的事情。可是这个时候他秦皇岛的工作丢了,他就失业了,贫病交加,一个人在当时的北平,穷困潦倒。后来,他有一个姐夫在南京的海军给他找了一个士官学校教书的工作,所以他就跟我说,要跟我订了婚再走。我这个人,就是鲁豫说的,没有像我这样的理由去结婚的。我就因为他贫病潦倒,我见他也算对我很不错,我就跟他订了婚。然后我就去了南京,然后就随着国民党撤退到台湾了。

生活的困顿，让我差点教不成书

谁知道到台湾以后，就是刚才我说的许世瑛先生，许寿裳的儿子，是我们的邻居，他每次都听到我在院子里面吟诵，他对我非常关心。所以他听说我去了台湾，而且在左营的军区没有工作。我的先生是他姐夫给他找的工作，我在家里是小媳妇，我对他的姐姐、姐夫都要非常尊敬。那个时候还有他姐夫的姐姐，她生了小孩之后坐月子，就让我跑到左营军区的外面，走很远的路去买猪蹄膀给她熬汤。那个时候我也不会说台湾话（闽南话），交流起来很不方便。我到菜场去买猪蹄膀，我就拍拍自己的肩膀，那个卖猪肉的人说不是这里，是另外一个部位。我就这样沟通交流，帮他的姐夫的姐姐带孩子，做厨房的事情。

当时我的老师也有一封信给我，说听到我做这样的事情，他觉得很可惜。许世瑛先生也是觉得我很可惜，就把我介绍到了彰化女中教书。彰化女中教书的第二年暑假，我生了一个女儿。我这人生了两个女儿,都是暑假生的。那个时候我们女人的产假只有一个月,所以我等于没有休产假,暑假就生了小孩,一开学就去上课。

我女儿四个月的时候,一个平安夜的第二天,12月25日圣诞节,一大早来了一群人到我们的住处,是海军,就把我先生抓走了,说他有"匪谍"的嫌疑。然后第二年暑假,又来了一批人,就把我们彰化女中的校长,还有六个教师都抓走了。我带着吃奶的女儿,被抓到彰化的警察局里面去了,让我们写自白书,要把我们送到台北的宪兵司令部。

我就抱着我吃奶的还不到周岁的女儿去找了警察局局长,因为我们关在警察局。我说,我这个人从来不懂政治,我先生已经被关起来了,我无亲无故,你把我带到台北的宪兵司令部,万一我们母女之间发生了什么意外,我连一个托付的人都没有。我说,你要关,你就把我关在你们彰化的警察局。因为我在彰化至少教了一年多的书,我有同事,有同学。后来这个警察局局长还不错,慈悲为怀,就把我放出来了。放出来之后,我就无家可归了。

我们从大陆去台湾,有工作,就有宿舍,就有薪水。没有了工作,就无家可归,宿舍没有了,工作没有了,薪水没有了,天下之大,没有我立足之地。所以我就只好去找了我先生的姐夫的姐姐,因为是她介绍了我先生的工作。我先生被关在左营了,所以我就到左营,一方面投奔亲戚,另一方面可以打听我先生的消息。当时我们居住环境很窄，我不但没有卧室，也没有床铺。我带着我吃奶的女儿，就是等他们大家，就是他的姐姐、姐夫，还她（姐姐）的婆婆，还有她（婆婆）的儿女，大家都休息睡觉以后，我就铺一个毯子，在人家的走廊上打地铺。

我是过这样的生活。所以我从来没想过我的老师对我的希望，说你要成为南岳下之马祖，你还要学蟹行文字，我早已没有这种想法。我当时写的诗词："雨重风多花易落，有限年华，无据年时约。"所以我就是过这样的生活。我当时真是没想到要学什么蟹行文字。过了三年以后，我先生被放出来了，那就证明我们没有问题，我才在台北找了一个工作。当时我说的许世瑛先生，就在台北的台湾大学教书。他一听说我先生放出来了，我们已经从台南来到台北了，许先生就非常热心，马上就介绍我到台大去教书。

我写了两篇长篇歌行，一个是《祖国行》。我去国，就是离开祖国二十多年，将近三十年，第一次回来写了一千八百多字，据北大程郁缀先生统计，说这是我们中国诗歌史上最长的七言歌行。再有一篇七言的长篇歌行，就是许世瑛先生去世的时候我写了一首挽诗，哀悼的诗。我说得越来越远了，总而言之，我没有想过我要学什么蟹行文字，将来还要能够成就我老师的希望，不管是孔门的曾参，还是南岳下的马祖，我做梦也没想过。

我不但好为人师，更好为人弟子

有时候天下有很多事情让我觉得，上天带领一个人是非常奇妙的。我自己也没有追求什么，我也从来没有过成名成家的这种愿望。可是我在台大教书的时候，许世瑛先生成了淡江大学中文系主任，他就约我到淡江去教课。当年辅仁教过我的老师戴君仁先生，因辅仁大学在台湾复校，也约我去教课，所以我就教了三个大学的课，都是专业课。那个时候诗选、词选、曲选、杜甫诗，都是每周三个小时的课，我的排课是上午三小时这个学校一门课，下午三小时那个学校一门课，晚上我还有夜间课。你们都不知道我那会儿教了多少课，无法计算的课，还担任了教育部的大学国文的国文广播。我真的是累得骨瘦如柴。

那个时候我接了这么多的课，一方面是因为老师叫我去教书，另一方面也因为我先生虽然被放回来了，但是没有工作。我先生可以说，只是从他要让我结婚那个时候，他姐夫给他介绍了工作，不过一年吧，他从这个"匪谍"嫌疑被放出来以后，从此没有工作过。所以我还要养家，这是我过的生活。

那我怎么就学了蟹行文字了呢？那个时候我们中国大陆对西方不开放，所有的欧美研究汉学的都跑到台湾去了。台湾的三个大学，一个广播电台，还有一个刚刚成立的教育电视台，都是我在讲古诗，就有一大批洋学生跑到我班上来听讲。

于是就有人跟台大的校长钱思亮先生说，密歇根州立大学与台大定了一个交换计划，他们要求把我交换去，学校就同意了。钱校长就通知我，说："我已经答应了密歇根州立大学把你交换去，你要补习英文。"因为我是中文系毕业的，我的英文早已荒疏。那个时候美国在华的教育基金会办了一个补习班，钱校长说你每周六上午要去上这个补习班补习英文。我也可以告诉你，我念的是什么课本，是《英文九百句》。《英文九百句》都是会话。教我们的是一个女老师，她不会说中文，她说英文。她的教书方法是死记硬背。我从小有背书的训练，就是我很会背书。所以《英文九百句》虽然不是文章，我也都背了。

然后美国在华教育基金会有一个台湾方面的负责人，是台大历史系的教授，说："叶先生，你知道吗？你在班上得了最高分，总平均分是 98 分，但是你现在不能出去，我们还有一个外国的学者面试。"于是就又有一个学者来面试我。来面试的学者，是哈佛大学的海陶玮（James R. Hightower）教授。海陶玮教授面试完了以后，他就要求台大的刘崇宏教授把我交换到哈佛，请台大另外派一个人去密歇根。钱校长不同意。最近南开大学出了我一本很厚的书，《中英参照迦陵诗词论稿》，就是说我的论诗论词的中文都被翻译成英文的一本书，我的论文集的中英对照版。我的英文并没有那么好，是哈佛大学的海陶玮教授，他约我去合作，我帮忙他翻译陶渊明的诗，他帮忙把我很多篇文章翻译成英文。

天下（事）真的是很奇妙。海陶玮先生本来是学中文的，他应该跟我用中文对话。可是不然。他跟我讨论的时候，总是说英文，这样我不只是学会了《英文九百句》的会话。因为我跟他要讨论的都是中国的诗词，他非要说英文，我就学了很多关于中国诗词的专用的术语。然后更巧的是，我去密歇根交换后的第二年，就被哈佛大学约去了，约去做客座教授，然后一年以后我就要回台湾。

这个时候我把我先生接出去了，把我女儿接出去了。其实主要是因为我先生要出去，他在台湾被关了很久，没有工作，是他一心要出去，所以才逼我出去，然后把他接出去。接出去以后，他就不肯回来了。可是我交换的年限是两年，所以两年后起码我坚持要回去，海陶玮教授怎么留我在哈佛我都不留，我说我一定要守信用。三个大学，许世瑛先生、戴君仁先生、台静农先生都对我非常好，我教了三个大学所有的诗词和古文，现在人家开学了，我说我不回来，我不能做这样对不起人的事，我一定要回去。我就非要回去。何况我有八十岁的老父亲，我要把我父亲接出来。可是接出来以后，没有回到哈佛。因为美国说除非办移民，现在你不能够用访问学者的身份再来美国了。

因为过不去美国，海陶玮先生才把我又介绍给UBC，就是加拿大不列颠哥伦比亚大学去教书。本来这是一个临时的权宜之计。我为了养家糊口，没有办法，只能接受。一大家子都在国外，我先生又没有工作，两个女儿一个念大学，一个念中学，我还把我父亲接出来了，这么多人需要我教书养活。

我答应了在UBC教书，他说："我们有研究生，需要你指导研究生，可是你要做一个专职教员，你不能只教研究生，你要教大班的课。"那个时候的温哥华华人很少，大班的课都是加拿大的学生，要用英文讲课。所以我被逼要用英文讲课，每天晚上查生字到两点。我不但要用英文讲课，我要用英文看学生写的论文，我要用英文看学生交来的报告，所以我的英文就慢慢被逼出来了。而且我这个人不但是好为人师，其实我也更好为人弟子，我还抽空去旁听UBC大学英国诗的课程，还有英文理论的课程。那个时候我没有想过学这些英文,听这些课程,有什么作用。直到若干年以后,我才明白,我老师说"欲达到此目的,非取径于蟹行文字"的真正含义。

读中国诗词，不能套用西方理论

我今天讲的呢，不是一个现成的题目，不是用一个西方的现成的理论套在中国的文学上。以前有人这样做。因为中文好的人一般英文不好，不能出去留学，出去留学的都是外文系毕业的。外文系跟英文系出去留学，他不能读英文系，他不能跟别人竞赛英文，所以英文系毕业的中国学生到美国都改念了亚洲系去教中文了。然而我不是，我是教中文，到国外也还是教中文，所以我不是拿一个现成的理论来套。

我在台湾有一个外文的老师，用生搬硬套的方法讲解作品。他说外国的文学很多词语都有象征意，symbolize，中国诗里面常常说香炉，常常说蜡烛，香炉就是女性的象征，蜡烛就是男性的象征。我们中国诗歌从来没有这样的传统。如果是这样的传统，"蜡烛有心还惜别，替人垂泪到天明"，这都是男性的象征？所以我不是用西方的名词、西方的理论套在我们中国的文学上。我是几十年慢慢发现。我为什么几十年慢慢发现呢？因为我毕竟是教中国诗词的。

诗比较容易讲，因为诗是言志，你想什么就说什么。像杜甫，他说"杜陵有布衣，老大意转拙"，说的是自己的话。杜甫写的一切的诗都是现实的，写实的作品。

在"安史之乱"的时候，杜甫曾经困在沦陷的长安，后来从长安逃出去，到了后方，到了灵武。等到肃宗还朝，他刚回来做左拾遗，他就每天给皇帝上奏书，但是没有一个人喜欢，有人每天指责政治，这个有弊病，那个有弊病，没有人喜欢这样的人，皇帝就把杜甫赶出去了。所以杜甫写过一首长诗，他说，"至德二载，甫自京金光门出，间道归凤翔，乾元初从左拾遗移华州掾，与亲故别，因出此门，有悲往事"，多么长的一个题目。他说至德年间，我从沦陷区九死一生，逃出来，现在皇帝要把我赶出去，我就又从这个门被赶出来。我是从这个门，从沦陷区，从这个长安门逃出来投奔的朝廷。现在朝廷把我赶走了，我又出了这个门。这个题目写得这样长。杜甫写的是，"此道昔归顺，西郊胡正繁。至今残破胆，应有未招魂。近得归京邑，移官岂至尊。无才日衰老，驻马望千门。"我这次离开长安，我一个不善逢迎、不善做官的人，越来越老了，我以后什么时候再回来。从此没有再回来，"每依北斗望京华"，杜甫走了以后就没有再回来。

诗是言志，可是词和诗不同。我在横山书院做过几次讲演，其实这些讲演是应该可以连起来的。第一次，我讲的是丝路的敦煌的曲子传到中国。第二次，讲印度佛经传入中国。其实这些个题目是可以贯穿起来的，是一个系列。有了敦煌曲子，才有我们现在的词。天下有时候不经意的，随随便便的一件小事情发生，而它对于一个国家，对于一种文体，对一种文化却产生了很大的作用。敦煌的曲子，本来是敦煌来往的商旅之客配合当时从西域来的音乐歌唱的曲子。可是这些个唱曲子的人都是商旅之人，没有很高的文化修养，所以敦煌的曲子词有时候就比较直白、浅陋。可是，这个曲子很好听，于是就流行了。

所以以后有些诗人、文士，他没有经过敦煌，也没有去过敦煌，可是敦煌的曲子这么好听，这些诗人就也给这个曲子填写歌词。一定要注意，词牌是一个歌曲的曲调。所以我们说词，是填词，填，to fill in，填到一个 musical melody，填到一个音乐的曲调里，给它填写歌词，所以是填词；诗，是作诗，Create Poetry，你是创作诗。

从晚唐五代就有人填词了。在五代十国时期，后蜀就编了《花间集》。欧阳炯，也是一个词人，在这个集子前面写了一篇序，序中说"因集近来诗客曲子词"。他说得很清楚，我就收集了——不是那些商人旅客的那些个俗语的作品，我现在所编辑的，是诗人文士所写的美丽的歌词。他说为的是什么呢？促使西园的文士不要再唱那些庸俗的采莲的歌曲，让这些美丽的歌女有了美丽的歌词（将使西园英哲，用资羽盖之欢；南国婵娟，休唱莲舟之引）。

所以《花间集》的原意是什么？集是 collection，花间集，就是 Collection of Songs Among the Flowers，在花间里面唱的歌。花间里面唱的歌都是写什么？美女跟爱情，Beautiful girls and love，就是说都是写美女跟爱情的歌，《花间集》整个的这本书都是写美女跟爱情的歌词。偶然，by accident，偶然有人给歌编了一个歌词，真是令人没有想到，《花间集》的编辑使得我们中国的小词有了这么深厚的意蕴。这是非常奇妙的事情。

词比诗的意蕴更微妙

西方很多年以前，讲过一个蝴蝶效应，Butterfly Effect。这个 Butterfly，美洲雨林里面可能就是一个蝴蝶偶然地翅膀一动，然后远洋的那边就起了一阵台风。就是一个小小的事情，它居然发出来很大的影响。我以为《花间集》的编选就具有蝴蝶效应，诞生了我国一种足以跟诗对立的新文体——词。它的分量，它的内容，它的情义可以跟诗站在平等的地位，而它能够写出来诗所不能写出来的东西，这是世界上非常奇妙的一件事情。

那么为什么呢？词里面写了什么呢？很多学者，研究词的学者，都感觉到小词里面有这种很微妙的作用。什么作用呢？张惠言编了一本《词选》，就是 Collection of the Ci Poetry，是给他学生编的。张惠言在一个很有名的学者金应珪的家里面做家教，金应珪的家里面有很多年轻的子弟要跟张惠言学作词，他不愿意说词都是美女跟爱情。因为他是在一个经学家、一个老学究的家里面教他的子弟，本来是教经书，现在这些子弟要学歌词，他不能说这个都是美女跟爱情，所以张惠言就把美女跟爱情都说成有非常深刻的、重要的意思。

我给大家引几句张惠言《词选》集里的话，说得非常妙。张惠言是常州人，所以我们说这是常州词派的理论。张惠言，还有时代比较晚的周济（1781—1839年），都属于常州词派。先念张惠言这一段，他说："词者，盖出于唐之诗人，采乐府之音，以制新律，因系其词，故曰词。"这说得不错，是配合音乐的歌词。"其缘情造端，兴于微言，以相感动。"词最初本来是写感情的，造端就是开始，开始就是写男女的爱情。"兴于微言"，就在那些男女爱情里你看起来很不重要的那些细微的叙述之中，"以相感动"，就是读者从这个小词里延伸了很多感发和联想。"极命风谣里巷男女哀乐，以道贤人君子幽约怨悱不能自言之情"，说得真是奇妙。写男女爱情的"兴于微言，以相感动"，微言是不重要的，就是爱情会使人感动。"极命"，这种写爱情的歌词发展到最高最好的就是"极命风谣里巷男女哀乐"。这个歌谣，这个俗曲怎么样？"以道"，就可以说出来，这种不重要的里巷之间哀乐情感，歌曲的小词可以说。"贤人君子"，最有品格、最有学问的人，"幽约怨悱"，这幽微、这哀怨、这悱恻，"不能自言之情"，可以用词表达出来。

诗是言志，像杜甫，"此道昔归顺，西郊胡正繁。至今残破胆，应有未招魂"，堂堂皇皇地说出来了。这些男女的爱情写的小词怎么这么幽微，这么隐约，可以说出来贤人君子的"幽约怨悱"。这在诗里面没有办法用诗明白表达出来的感情，可以用词来表达，词不言志。他说："盖诗之比兴，变风之义，骚人之歌，则近之矣。"他说，就像诗的比兴，表面上说的是"关关雎鸠"是鸟，可是说的是"窈窕淑女，君子好逑"。"盖诗之比兴，变风之义"，风有正风，有变风，当国家衰乱的时候，写这个衰乱的现象那就是变风，所以是在最痛苦的，最哀怨的这样的情景之中写出来的小词，"幽约怨悱"。

词的好,还没有人说明白

词是非常妙的,就是在诗里面不能够明白述说的一种奇妙的感情,词就表现出来了。

张惠言说词可以表达幽微隐深难以明言之义,他需要证明,于是他就举了例证。他说,比如温庭筠有《菩萨蛮》的词。温庭筠其实写了十几首《菩萨蛮》,他举的《菩萨蛮》里的第一首:

> 小山重叠金明灭,鬓云欲度香腮雪。懒起画蛾眉,弄妆梳洗迟。 照花前后镜,花面交相映。新帖绣罗襦,双双金鹧鸪。

说什么?"小山重叠"这个我没有时间给大家考证得很详细,我有相关论文。小山不是外面的 the mountain, the little hill。他说的是屏风折叠起来,一个一个地,看起来像小山。他就是在小屏风里面看到"金明灭",屏风上有一些金翠珠玉的装饰,天破晓了,太阳照进来,照在屏风这些装饰的金翠珠玉之上,这是"小山重叠金明灭"。这阳光把那个睡眠中的女子惊醒了,女子在枕头上一转头,鬓云欲度香腮雪,她长长的如云的发从脸上滑过去,香腮雪。这个女子就起床了,懒懒地起床了,然后慢慢地描眉,弄妆。不像我们每天都匆匆忙忙,没有从容的时间。所以她是"懒起画蛾眉,弄妆梳洗迟","照花前后镜,花面交相映"。你前面有花光人面,后面一个镜子一对照,还有花光人面,重重叠叠,无穷复无尽,一片的花光人面。就是"照花前后镜,花面交相映"。然后化完妆就穿新衣服,"新帖绣罗襦"。这个帖字,通贴,有几种解释,可以是烫贴,熨贴,可以是贴绣,把一个东西贴在上面,就是贴绣。他说在她的罗襦上有贴绣,贴绣个什么,一对一对的鹧鸪鸟。

然后张惠言说了,说这个词是"感士不遇也。篇法仿佛《长门赋》,而用节节逆叙"。温庭筠写的这个美女孤单寂寞,她所爱的人不在家的那种寂寞的情怀,有什么贤人君子的用心。王国维反对,他说,像温庭筠的《菩萨蛮》"有何命意,皆被皋文深文罗织"。皋文就是张惠言的号,他都是把这个说成什么比兴寄托。王国维反对他,王国维说:

词以境界为最上,有境界则自成高格,自有名句。

他说词里有境界,可是王国维也没说境界是什么,而且王国维从一开始就混乱了。他说"词以境界为最上",可是他后面举的例证,说"境界有大小,不以是而分优劣"。"落日照大旗,马鸣风萧萧"何遽不若"细雨鱼儿出,微风燕子斜"。一讲词的境界,举的都是诗的例证。这完全前言不搭后语。你说词有境界,你举的例证怎么都是诗的例证?所以他们都没有说清楚,包括张惠言,包括王国维,他们都没有把词的真正的好处说出来,不知道怎么说这个词的起源。

怎样用女性主义来解词

我是不幸，也可以说是幸。漂泊到海外，被逼得要用英文教书。于是，我没有办法，所以就看了很多英文书。我这个人其实是相当喜欢学习，在读书的过程中，我就发现我们中国没有办法说明白的这个东西，有些西方的文学理论可以把它说明。

我当时也不是抱着这种目的，我只是去听课，旁听，听人家讲课，然后我就看书。我是20世纪60年代去到北美，当时正是女性主义盛行的时候，所以我就看了一些女性主义的书。女性主义的兴起，本来是要追求男女的平权，最初它的旨意是追求男女平等。西方最有名的女性学者是西蒙娜·德·波伏娃，西蒙娜·德·波伏娃写过一本书，*The Second Sex*（《第二性》）。这本书与小词有关系。我这个人喜欢乱看，也喜欢胡思乱想地乱想。为什么这个女性的研究对于我们研究词的特质很重要？因为《花间集》这个

Collection 都是写美女跟爱情，不管是用男子的眼光，或者用女子的口吻，都是写美女跟爱情。西蒙娜·德·波伏娃在 The Second Sex 中说了，女性是男性眼中的他者。说在男人的头脑里面女性是 other，跟他不是一个同类。男性看女性是 be in look，就是女性是让男性来看的，来欣赏的，男性是喜欢看一些美女。而且男性用什么样的眼光来观看呢？波伏娃说是用男性来看女性的眼光。

《花间集》里面有这样的作品，我就举一个例证，《南乡子》，作者是欧阳炯，就是给《花间集》写序的那个人。他写了这首小词，"二八花钿"，二八一十六岁女子最美丽的年华。我 60 年代刚到北美去的时候，我有两个女儿，我带她们到街上去买衣服，有一个专卖女孩子的衣服品牌，就叫 sweet sixteen，甜蜜的十六岁。"二八花钿"就是二八十六，头上戴着花钿。"胸前如雪脸如莲"，这是男性的眼光。"耳坠金镮穿瑟瑟，霞衣窄"，彩霞一样的衣服，很窄的，包着身体的。"笑倚江头招远客"这是一个摆渡船的女子含着微笑在江边招呼远人来上船。这是《花间集》里写的男人眼光里的女性。

温庭筠这首词是写什么呢？写女性。刚才我所说的那个是 be in look，还有一种女性是 abandoned women，abandoned，被抛弃，弃妇。Abandoned women 在中国的诗词文学作品之中占了大多数。这也是必然的现象。因为在中国的传统里面，男性修身齐家治国平天下，好男儿志在四方，岂能驻守家园，像女子之态。不管是要考试做官也好，是要做买卖做商人也好，男人是一定要出去的。男人怎么能够驻守家园？而女人是一定不可以出去的，你要侍奉翁姑，你要教养子女，你要料理家事，注定的命运。男人出去了，不管是经商还是做官，就像《西厢记》里的崔莺莺对张生说，"若见了那异乡花草，再休似此处栖迟"。男人出去碰到一个可爱的女性，发生了一段浪漫的感情，自然的现象，于是他远游不回来了。家里的妻子，就是abandoned women，就是弃妇了。

在中国的诗歌里面，从唐诗来看，不管是春宫怨，还是闺怨，都是写的弃妇。宫中后宫佳丽三千人，三千宠爱在一身，那两千九百九十九呢，都是怨妇。在中国的诗歌里面本来就有怨妇，词里面也写这种孤独寂寞的女子，也是怨妇。可是你仔细地想一想，词里面所写的怨妇，就跟诗里面所写的怨妇有了很大的差别。中国诗里面所写的怨妇都是有家庭归属的，是弃妇，比如"荡子不还乡"，家中的妻子是有所归属的。可是《花间集》里面的女性都是歌儿酒女，都是没有家庭的归属，她不是妻子，不是女儿，不是母亲，是无所归属的女性。

我这个人喜欢胡思乱想，反正我在西方，他们讲女性主义，我就也去听一听，也去看一看，于是我就看到了，玛丽·安·佛格森（Mary Anne Ferguson）写过《文学中的女性形象》(Images of Women in literature)。西方这些女性主义者，他们所写的女性还不是我们中国诗里面的女性，西方所分析的都是小说里面的女性。我们中国是诗很发达，西方小说很发达。所以玛丽·安·佛格森说，一般文学小说所写的女性一个是妻子，the wife，一个是母亲，the mother，偶像，women idol，你崇拜的偶像，性对象，the sex object，还有没有男人的女性，women without men。

我在美国教书的时候，美国一个学者劳伦斯·利普金（Lawrence Lipking），也是在美国教书，他写了一本书，Abandoned Women and Poetic Tradition（《弃妇与诗歌传统》），说弃妇就是文学的传统，而作者往往是男性。中国的那些诗歌写了很多弃妇，作者也往往是男性。劳伦斯·利普金在书中指出，男人比女人更需要弃妇的形象。为什么呢？如果你是一个女子，被抛弃，你说"荡子行不归，空床难独守"。就像《琵琶行》说的,说他的丈夫"前月浮梁买茶去"，女子被抛弃了，她可以说，我被抛弃了，这个男子走了。男子其实有的时候更有被弃的感觉。他在一个机关里面不被重用，他在朝廷里面不被重用，他被同事所轻视，男子也常有being abandoned 这种 feeling。女子 feel abandoned，有被抛弃感，她说"荡子行不归,空床难独守"；男子更要面子，他在外面如果不得意，他是不肯说的。

所以他说男子其实更需要这种 feel abandoned 的这种形象，所以小词里面所写的弃妇就很可能有男子的托意。所以温庭筠说一个孤独寂寞的女子，是"懒起画蛾眉，弄妆梳洗迟"，是女子被抛弃了，男人走了不回来。张惠言说什么？是"感世言"，这是一个男子得不到人的欣赏，不被重用，所以才写了一个寂寞女子。这也就知道了为什么小词会被人解成有很多寄托，有很多隐喻的缘故。我们现在是从女性主义来看这个小词的微妙。

怎样用接受美学来解词

到后来，我还在西方看了别的书，听了一些别的课。我这个人好奇，也喜欢跑野马，我就看西方一门学问，叫 Hermeneutic，诠释学，你怎么样解释，对这首诗你怎么样解释，对这首词你怎么样解释，叫 Hermeneutic。真是非常微妙的一件事情。西方的 Hermeneutic 有一个术语，他说什么呢，他说 Hermeneutic circle，circle，一个循环，它是诠释循环。什么是诠释循环？我解释这首诗，我解释的果然——explicate exactly is the author's original meaning——是这个作者原来的意思吗？ Not sure，你不能够确认这就是他的意思。这是你讲这首诗的意思，换了一个解释人有另外的解释，诠释是一个循环，不一定是作者的原意。Original meaning of the author，never，你永远不知道作者的原意，这都是诠释人解释出来的意思。

所以对于一首小词怎么样来解释，这是不确定的。

我在北美的那几年，是西方的文学理论最发达的几年，最有意思的几年。像 William Empson（威廉·燕卜逊，1906—1984 年）就是那个时代的，他有一句名言，the Seven Types of Ambiguity（朦胧的七种类型）。Ambiguity 是模棱两可、模糊不清。诗歌的解释有的时候是模棱两可的，他列举了七种模糊不清的、模棱两可的类型。在哈佛教书的时候，我是亲自去听了 William Empson 的讲演，所以我是赶上了一个西方的文学理论特别盛行、发展最快的一个时代。其实现在已经没落了。那个时候是我赶上了那个时代。

所以我就知道，解释一首诗，解释一首词，不是那么简单，不是这么容易的事情。你不知道这是不是作者的意思，而且它有多种解释的可能。"感时花溅泪"，花上溅上了我的泪点了，花瓣落下来进眼睛里了？有的时候一个诗句有多种的可能性，有很多的 possibilities，就是一个诠释循环，就是 circle，你代表你诠释者自己，而且有这么多的 Ambiguity，有这么多的模棱两可的可能性。

原来西方传统的文学理论是重视作者，说作者写这首诗的时候是在什么时间，什么地点，给什么人，我要考证一番。这跟中国的旧传统有相似之处。可是他们的重点后来转移了，就从作者转移到作品，对作品的研究。从作者转移到作品，然后就转移到读者的接受，就是接受的美学。

其实这些作品，所有的诗，每一个语言就是一个符号，linguistic sign，所以他们有符号学，有 A Theory of Semiotics（翁贝托·埃科《符号学理论》），诗歌就是一串语言的符号。对于这个符号你怎么样解释，有多种的可能性。于是，他们就从作者转到作品，就提出了 close reading，细读，分析每一个字的作用。然后就移到接受的美学，读者的反应。沃尔夫冈·伊瑟尔（Wolfgang Iser）写过一本书，叫《阅读活动：审美反应理论》(The act of reading:a theory of aesthetic response)。你要知道，当一首诗作出来，没有一个读者的时候，你的诗再好，它只是一个 aesthetic object，是一个美学的课题。要成为一个艺术品，要等到有读者阅读反应了，才成为一个有意义的艺术品。所以沃尔夫冈·伊瑟尔说，你要阅读的时候有两个极点，这边是 author，那边是 reader。所以从作者，到作品，到读者，都是重要的，缺一不可的。没有经过阅读，就是一个艺术的成品，artifact，阅读以后，它才成为一个美学的课题，aesthetic object。

杜甫的诗再好，"夔府孤城落日斜，每依北斗望京华"，你给一个不懂的人，他根本不知道他说些什么。那个不是一个美学的课题，没有经过阅读欣赏，它只是一个 artifact，只是一个艺术的成品，它不是一个 aesthetic object，它不是一个美学的课题。所以一部作品的完成，是从作者到作品到读者再到接受。有一个很有意思的意大利人，弗朗科·梅雷加利（Franco Meregalli），他写了一篇文章，*Reception Literary*，文学的接受。我觉得他说得很有意思，一个文学作品，我们要接受这个作品，叫作创造性的背离，Creative betrayal，背叛作者原来的东西，是创造性的背离。

王国维就做了一个创造性的背离，他说："古今之成大事业、大学问者，必经过三种境界：昨夜西风凋碧树，独上高楼，望尽天涯路，此第一境也；衣带渐宽终不悔，为伊消得人憔悴，此第二境也；众里寻他千百度，蓦然回首，那人却在灯火阑珊处，此第三境也。"

当年柳永、辛弃疾写词的时候有他人生的三种境界吗？没有，这是创造性的背离，这是小词的妙用，因为它不像诗的言志。像杜甫的诗虽然写得好，他说："至德二载，甫自京金光门出，间道归凤翔，乾元初从左拾遗移华州掾，与亲故别，因出此门，有悲往事。"他把他所有的历史感情都说了。他诗写得好，你真的感动，那就是他的志。"此道昔归顺，西郊胡正繁。至今残破胆，应有未招魂。"可是词不是，词没有题目，都是写美女，都是写爱情，都是 abandoned women。词是什么呢？词就让读者产生了很多不同的反应，产生了很多微妙的联想，这就是小词与诗不同的地方。

解读王国维的词论

王国维：词以境界为最上

20世纪60年代后期70年代初，我写过一本书《王国维及其文学批评》，在这里对王国维有一个整体的讨论。我认为王国维在天性上有知性与感性兼长并美的特殊的禀赋，这是得之于天、不可强求的。他一方面具有非常敏锐的直觉感受力，同时他还有非常理性的思辨反省的能力。一般人常常是有的长于感情的直接感发，有的长于理性的反省思辨，像王国维这样兼长并美的学者是比较少见的。

王国维曾在《静庵文集》的自序中讲，他本来最初对康德和叔本华的哲学感兴趣，后来发现哲学里边，大抵是"可爱者不可信，可信者不可爱"，所以"疲于哲学有日矣"。所以他就转而来寻找文学，研究词，要在文学之中得到直接的安慰。哲学是思辨的，找不到答案就是困惑。文学不管有没有解答，都可以从中得到一种安慰，得到一种寄托。因此王国维就从哲学转而填词，研究文学，并且他认为他填词填得相当成功。

我们一般是想填词就纯创作、填词，可是王国维不然，王国维是喜欢研究的人。王国维既然想致力于此，他就先做了很多整理的工作，对晚唐五代的词集做了很多的考证和整理。然后他研究词学，对词的理论加以反思，在此基础上他写了《人间词话》。所以我们欣赏王国维的《人间词话》，就是结合着他自己的理论来欣赏他的词。当然大家一提到王国维的《人间词话》，就想到"境界说"，因为他开头就谈到境界，我们简单地看一下。

词以境界为最上，有境界则自成高格，自有名句。五代北宋之词，所以独觉者在此。

这一条是最值得注意的，因为他这是特别提到，词的衡量标准是以有境界为最好。那么什么才是境界呢？于是大家就脱离了第一条，从下边的几条去找什么是境界。他说：

有造境，有写境，此理想与写实二派之所由分。然二者偏难分别，因大诗人所造之境必全乎自然，所写之境亦必邻于理想故也。

这是写境界的材料、境界的内容是从哪里来的。王国维讲，境界的材料有两个来源，一个是理想，一个是写实。理想指的是人为制造出来的境界，就是说词里边的这个境界不是现实存在的，是词人造出来的。写实指的是现实有这样一个境界，诗人不过是把它写出来就是了。所以，词有造境有写境，这是从构成境界的内容的材料而言。

境界分为"有我之境"与"无我之境"。"泪眼问花花不语，乱红飞过秋千去"，"可堪孤馆闭春寒，杜鹃声里斜阳暮"，是有我之境。"采菊东篱下，悠然见南山"，"寒波澹澹起，白鸟悠悠下"，是无我之境。

有我之境，以我观物，故物皆着我之色彩。无我之境，以物观物，故不知何者为我，何者为物。古人为词，写有我之境者为多，然未始不能写无我之境，此在豪杰之士能自树立耳。

所谓"有我之境"，带着非常浓厚的主观感情色彩的作品，就是"有我"。"无我之境"，主观情感色彩不浓厚的作品的境界，就是"无我之境"。什么是"无"？"寒波澹澹起，白鸟悠悠下"，里边没有喜怒哀乐主观表现，这就是无我之境。

无我之境，人唯于静中得之；有我之境，于由动之静时得之，故一优美一宏壮。

无我之境，"寒波澹澹起，白鸟悠悠下"，无我之境由静中得之，"漠漠水田飞白鹭，阴阴夏木啭黄鹂"，万物静观皆自得，它是什么样的景象就是什么样的景象，我自己没有一个激动的感情去面对它，所以"无我之境"是安静的时候得到的。

"有我之境"怎么是由动之静时得之呢？因为有我之境有主观感情的色彩，而这个感情是动的。"情动于中而形于言"，你的感情是动的，可是动的时候不能够写诗，什么时候能写诗？你把你动的感情用你自己的冷静观照，把它当作一个客体写下来的时候，才有诗歌的创作。你在狂悲、大喜之中时，你写不出来，当你把你的狂悲、大喜这种激动的感情当作一个客体去观照的时候，你才写得下来。所以"有我之境"是由之静，就是从动往静转变时候才写出来的。

可怜身是眼中人：王国维的追寻与徒劳

下面我们具体来解读一下王国维的词。第一首：

> ## 浣溪沙
>
> 山寺微茫背夕曛，鸟飞不到半山昏。上方孤磬定行云。　　试上高峰窥皓月，偶开天眼觑红尘。可怜身是眼中人。

这首词就有很多人辩论，"山寺微茫背夕曛"是"写境"还是"造境"？是现实中存在的景物，还是他制造出来的景物呢？如果只从第一句来看，很像是写境。就在昨天傍晚黄昏的时候，雨下得初停，西天有一点朦朦胧胧昏昏的那种红的颜色。附近的盘山，正好山上有几座庙，在夕阳映照下，真是"山寺微茫背夕曛"。所以王国维可能是写境，现实中有这样的景色，我们昨天下午就看见了，"山寺微茫背夕曛"。什么是曛呢？曛是日光的余晖。太阳已经不在了，留下的是太阳余晖的光色。所以这真是"昏"，已经是日暮黄昏。为什么是微茫？因为它是山上的庙。你远远看那个山，那么幽微，那么渺茫，这就是"山寺微茫"。更妙的是山寺如果是对着夕曛还更好些，"山寺微茫背夕曛"，就是黄昏的那一点光色还在那山寺的背后，那真是幽微，真是渺茫，真是恍惚之间若有所见，"山寺微茫背夕曛"。

"鸟飞不到半山昏"，山寺那么高，那么远，那么昏茫，不用说我们在这种微茫的昏暗的暮色之中，不能够登到山顶，连鸟都飞不到地方，"鸟飞不到半山昏"，只在山的一半就已经非常昏暗了，有那个山寺还是没有那个山寺，看也看不清楚了。但后面一句很妙，"上方孤磬定行云"，可是就是遥远的，从那高远的山寺上方，有一声孤磬的声音。这孤磬的声音虽然是遥远，虽然是孤单，可是这个磬的声音真的是有一种感动，一种微妙的力量。磬不用说，我们人就深受感动，"上方孤磬定行云"。

既然是你仿佛若有所见，而且你觉得它那里真是这样的美好，对你有这种呼唤，有这种呼召，你就应该上去寻找。"试上高峰窥皓月"，我就努力地要爬上去，试，我尝试，我努力，"试上"，我要上到绝顶的高峰，我要不爬则已，我要爬当然就要爬到最高的地方去。"试上高峰"，我不但要爬到最高的地方去,我要在最高的山峰上看天上那一轮皓洁的明月,所以,"试上高峰窥皓月"。写的真是这种追寻、这种向往。

可是他说,"偶开天眼觑红尘",我就从上到半山这样的高空向上看是"高峰窥皓月",但是我偶然从我上方的眼睛向下看,看一看红尘的世界,"偶开天眼觑红尘,可怜身是眼中人"。我是想离开这个尘世出去的,可是我睁开眼睛向下一看,看到尘世中蠕蠕而动的众生,我发现我毕竟没有逃开,我也是这蠕蠕而动的众生之中的一个。

可怜衣带为谁宽：王国维的无可奈何

我们再看他第二首词：

> **浣溪沙**
>
> 月底栖鸦当叶看，推窗踕踕堕枝间。霜高风定独凭栏。　　觅句心肝终复在，掩书涕泪苦无端。可怜衣带为谁宽。

"月底栖鸦当叶看"，符号学里边有个术语就是显微结构，microstructure。所谓显微结构，就是你看一个词句，你不是只看它的主词、动词、文法，要看的是那个最细致的、最微妙的地方。你要欣赏诗词，一定要养成能够观察到最细微的美感的这种能力。"月底栖鸦当叶看"，这写得真的是妙，有很多的意思在里边。你也可以说这就是写境。可能王国维所住的那个房子前面就有一棵树,有天晚上,很多乌鸦落在上面,天上有月光,所以是月底栖鸦。后边这三个字其实是非常妙的,"月底栖鸦"还是比较写实,"当叶看"三个字真是写得妙。"月底栖鸦当叶看",这个"看"字有平声跟仄声两个读音,这里是押的平声的韵。

"当叶看"这三个字写得真是无可奈何,实在是,这是王国维才写这样的词。"当作叶子看",写的是有叶子还是没有叶子?是树上没有叶子。已经到了深秋,木叶尽脱,所有树上的叶子都落光了,没有了。你看这个真的是无可奈何,真的是王国维无可奈何的这一份努力。他说我何尝愿意对人生就是有这样悲观的看法,我是要勉强地找到一个安慰,找到一个寄托,找到一个凭借,我真的尽了我的努力。没有叶子的枯树上落着几只乌鸦,我也把它当叶看。你想想看,这是写得多么深沉的悲哀,还有这么努力的追寻。

我是看到了,我看那个树上有叶子,真的要追寻那个叶子,我要找到那个叶子,它是真的叶子吗?我就一开窗户,"推窗趷趷堕枝间",所有的乌鸦都飞走了,没有,树上什么也没有。既然是乌鸦,应该是飞走了。他为什么说堕枝间呢,"推窗趷趷",从树上掉下来了。乌鸦是飞走,乌鸦会掉下来吗?乌鸦当然不会掉下来,可是你要知道,王国维词中写的是"趷趷堕枝间"。"趷趷"两个字,他是用了一个典故。这个典故,说的是汉朝的马援出征到交趾,交趾是很南方的一个地方了,那个地方深山茂林,属于原始的森林。他说那个地方有瘴气,潮湿的树叶腐烂会产生瘴气,所以原始森林之中就充满了一种瘴气、一种毒气。不用说人在里边不能够生活,鸟,飞鸢,天上飞过的鸢鸟,飞过这一片地方碰到了这个毒气的瘴气,就"跕跕而堕",就一个一个都掉下来了,鸟都被毒气给毒死了,跕跕堕枝间。① 王国维实在是无可奈何,所以他真的是非要自杀不可的。

"月底栖鸦当叶看",我觉得树上有叶子那是很美好的,我要欣赏它,我一推窗,"推窗跕跕堕枝间"。先说为什么说堕枝间,因为他已经当叶看了,叶是向下落的,所以乌鸦不见了,他以为它是叶子,叶子当然是掉下去了。同时这个词也是化用了马援的典故,"跕跕堕枝间"是说环境的恶劣,充满毒气,连鸟都活不成。

现在剩下什么?那我现在何所有啊,不用说树上的叶子都掉光了,连落在树上的乌鸦都不见了,"霜高风定独凭栏",现在只是天地之间,是严霜,霜高风定。为什么不说是霜高风烈?从我们一般人来说,我们都以为是在狂风之中才更代表了一种摧折和打击,可是这首词写的不是在狂风之中而是"霜高风定"。已经是夜深,风都停了,"霜高风定独

---

① 《后汉书·马援列传》:"当吾在浪泊、西里间,虏未灭之时,下潦上雾,毒气重蒸,仰视飞鸢,跕跕堕水中。"

凭栏"，我一个人靠在那个楼的栏杆那儿。这个"定"字实在是非常好，一切都过去，一切都像《红楼梦》十二支曲最后一首收尾《飞鸟各投林》唱的："好一似食尽鸟投林，落了片白茫茫大地真干净。"霜高，风已经吹过了，所有的挫折、所有的这种摧毁都早已就完成了，没有，什么都没有，所以"霜高风定独凭栏"，就一个人。所有的追寻都落空了，什么都没有留下来。

"霜高风定独凭栏，觅句心肝终复在，掩书涕泪苦无端，可怜衣带为谁宽。""觅句心肝终复在"，说得真的是好，"觅"句，我要寻觅，我要寻觅一个最美好的、最恰当的字，为的是"觅句"，而且觅句什么？你本来可以说觅句心情，也可以吧？他不说，不说是觅句心情，而是"觅句心肝终复在"，"心肝"两个字说得血淋淋的，非常真切。就是我用我所有的感情、所有的内心的心血去寻找，"觅句心肝"。

"掩书涕泪苦无端"，"掩书"，当你掩卷才沉思。所以人要背诵，也要吟唱，因为你前面有一本书都是文字，你的心思都在那些文字上，你是读了以后，把它合起来的时候，它都融化在你的感情意念之中，它才真正融化进去，所以要掩书沉思。你有了感动以后，"掩书涕泪苦无端"，就是写感动，不知道为什么无端就流下泪来。因为社会上，贾谊曾说，世间的事，"可为痛哭者一，可为流涕者二，可为长太息者六"。人生岂不有很多值得我们痛哭的事情，所以"掩书涕泪苦无端"。

但是你为什么这样？人家都觉得你是傻瓜，你为什么这样？人人吃饭睡觉，追求名位利禄，人家不是活得很好？很快乐嘛，你为什么而憔悴？为什么而消瘦？为什么而痛苦？你为什么有这样关怀的心肝？所以"可怜衣带为谁宽"，这是王国维独有的情感。

究竟何为境界？

王国维这两首词太悲观了，我们现在看他第三首词《蝶恋花》，有一点浪漫的柔情。

> 窈窕燕姬年十五，惯曳长裾，不作纤纤步。众里嫣然通一顾，人间颜色如尘土。　一树亭亭花乍吐，除却天然，欲赠浑无语。当面吴娘夸善舞，可怜总被腰肢误。

"窈窕燕姬年十五"，"十"字是入声，这首词是造境还是写境？王国维在《人间词话》中讲境界就是融合了造境和写境，写境而有理想，造境而合乎自然。山寺微茫是造境还是写境？月底栖鸦是造境还是写境？你从开头的景色来看，好像都是现实的景色，可是你从他后面所写的"偶开天眼觑红尘"，"掩书涕泪苦无端"来看，他也像是造境，所以他是写境之中有理想,造境之中有自然。那"窈窕燕姬年十五"呢?我以为这是造境,这个美丽的女子是他想象之中的女子。

中国向来以美女为喻托,窈窕两个字,让人想到的就是《诗经》中的窈窕淑女,所以窈窕就有一种不只是外貌的形色的美丽,而是兼具品质的美好。燕姬,中国的美女南方称吴娃、越女,北方是燕赵佳人,所以南方有佳人,北方也有佳人,燕姬赵女就是北方美女的代称。如果是写实的,"窈窕燕姬年十五",这个女子那就真的是十五岁的女孩子。

可是你要知道,在中国的文化里边,年十五有讲究,十五是及笄之年。男子的成人是二十,男子二十而冠,男子二十岁头发就梳起戴帽子了,成年了。女子十五就是及笄,头发也梳起来了,中国古代女子十五岁就是应该可以结婚的,可以论婚嫁的时候了。所以李商隐写过一首《无题》:

> 八岁偷照镜,长眉已能画。
> 十岁去踏青,芙蓉作裙衩。
> 十二学弹筝,银甲不曾卸。
> 十四藏六亲,悬知犹未嫁。
> 十五泣春风,背面秋千下。

十五是一个女子应该许嫁的年龄了,如果一个美丽的女子到十五岁还没有一个可以爱、而且被爱的一个人,那是很悲哀的。在中国古代,常以美女作为才德之士的喻托,"十五泣春风"就是说这个才德之士,在他的才德美好、修养得很好的时候,没有人知赏、没有人任用。所以"年十五",在中国真的是有一个讲究的。王国维的"窈窕燕姬年十五"与李商隐的"十五泣春风,背面秋千下",里边有象喻的可能性,有一种 potential effect(潜能)。

十五,是应该找一个和有一个人爱和被爱的年龄。可是这个女子呢,"惯曳长裾,不作纤纤步"。裾是衣服的衣角,她惯常拖着这个长裾行走。曳裾而行,对古人来讲,还不只是女子,包括男子,都是一种岸然的样子,拖着长裾在走路。王国维说这个女子是"惯曳长裾",她总是穿这种长裾。长裾,你也可以说是旗人穿的长旗袍,但这就如沈秉和所讲,这是低微的物质层次。长裾有一个符码的联想,就是你想到一种人,那种高远的气象,是惯曳长裾,所以不作纤纤步。纤纤步,就是女子走起来扭来扭去地做出很多姿态来的一种样子。仔细分析这两句,一个是"惯曳","惯"是经常,她习惯于如此;"不作",是她不那样做。这两个是对比,一个是"惯",一个是"不",她是"惯曳长裾",所以"不作纤纤步"。这就是看出来这个女人跟其他女子之不同。

"众里嫣然通一顾,人间颜色如尘土。"这么多的人,在大庭广众之间,如楚辞《九歌》所言,"满堂兮美人,忽独与余兮目成",满堂的美人,但是这个女子只是嫣然地对我一看，我们两个人不用说一句话，就目成心许，就是眼睛一看，我们的相知就完成了。"窈窕燕姬十五，惯曳长裾，不作纤纤步"，在众人之间她嫣然一笑，就对我回眸一顾，"众里嫣然通一顾"，我只因为她这回眸一顾，我觉得这世界上，人间的颜色如尘土，所有的人，没有一个人，再也没有一个人能跟她相比的了。《长恨歌》曾云"六宫粉黛无颜色"，王国维这首词讲"众里嫣然通一顾，人间颜色如尘土"，如果真的有这样一个美丽的女子，如果你真的遇见了这个美丽的女子，如果这个女子真的对你嫣然一顾的时候，你真是觉得人间的颜色就如尘土，就看我们有没有遇见了。

"一树亭亭花乍吐，除却天然，欲赠浑无语。"这个女子的美丽不是矫揉造作的，不是涂抹装饰的，是一树亭亭花乍吐，如同初日芙蓉春月柳，是天然的美丽。所以"除却天然，欲赠浑无语"，你无法再用别的美丽的辞藻描写她，她完全是天然的本色，"欲赠浑无语"。就是这样的，一个人以她的本质真诚与你相见时，就是这样的美好。

与别的女子相比，"当面吴娘夸善舞，可怜总被腰肢误"。别的女子，比如"吴娘"，吴地出产美女，南方美女多称"越女吴娃"，她自己自夸，她自己得意，自称她的歌舞姿态多么美妙，最后却"可怜总被腰肢误"。就是这样的吴娘，卖弄她的姿色,故意来表现她的腰肢的这种人就"总被腰肢误"。很多人都以为自己聪明智巧，用些什么巧妙的计策，就可以得名得利，真是"当面吴娘夸善舞，可怜总被腰肢误"。那些个犯罪贪污作案的人，不是聪明智巧，而是"可怜总被腰肢误"。

中国词学历史上绝无仅有的一首词

我再讲王国维一首词,这首词是更奇怪的一首词,在中国词学的历史上绝无仅有。

浣溪沙

本事新词定有无,这般绮语太胡卢,灯前肠断为谁书? 隐几窥君新制作,背灯数妾旧欢娱。区区情事总难符。

这真是妙,这是非常妙的一首。"本事新词定有无",因为词这种形式毕竟是歌词之词,毕竟是写美女跟爱情的了,所以我们常常说到"本事"。广义的"本事",凡是有历史背景、有历史事实的事,都是本事。可是狭义的"本事",特别指的是男女之情。"本事新词定有无",在你新写的这首写男女柔情的小词里边,是有真正的一个"本事",还是没有呢?黄山谷曾讲词是"空中语耳",我写一个美女,不见得我真的跟这个美女有爱情,这个美女也不见得真的存在。所以新词里面写的美女跟爱情,有还是没有?这就是"本事新词定有无"。

"这般绮语太胡卢",绮语就是美丽的、香艳的词语。你写得这么美丽、这么香艳的词语,"太胡卢"。胡卢就是不清楚,你到底说的是谁呢?你写的这种相思爱情这么缠绵悱恻,"太胡卢",我摸不清你到底说的是什么。所以"本事新词定有无,这般绮语太胡卢"。

"灯前肠断为谁书?"你在灯前写这首词写得这么缠绵悱恻,而且写的时候,你的感情这么投入,心伤肠断是为了谁?"本事"是什么?一个女子在问写词的男子,你写得这么香艳的词句,写得这么心伤肠断的感情,你到底说的是谁呢?

"隐几窥君新制作",几就是书案,隐就是靠,你在灯前写,我就靠在这个书案的旁边就看你的"新制作",新作这首小词。然后转回头"背灯数妾旧欢娱",我就数算一下,我跟你认识以来,我们都在哪里见过面,我们都说过什么话,你对我讲过什么样的盟誓。每一件那么细小的、那么琐碎的事情,我都数算过去了,没有一个合乎你的词里边所写的心伤肠断的——"区区情事总难符"。我发现你所写的这个词里边心伤肠断的感情跟本事,怎么跟我跟你在一起的生活不一样呢?那你是为谁写的呢?

"本事新词定有无,这般绮语太胡卢,灯前肠断为谁书?隐几窥君新制作,背灯数妾旧欢娱,区区情事总难符。"当然,从表面上看起来,这个也可以是写境,就是说他写的真的是一个男女的感情,是男子在写词,这个女子就想他写的到底是什么呢?可是我觉得这首词妙就妙在什么地方呢?就是他用这首词表现了一种词的美感的特质,非常奇妙,也非常切合。

王国维所说的成大事业、大学问的三种境界:"昨夜西风凋碧树,独上高楼,望尽天涯路;衣带渐宽终不悔,为伊消得人憔悴;众里寻他千百度,蓦然回首,那人却在,灯火阑珊处。"我们能够想象出这么多东西,能够想象出这个词里边有这样的涵意吗?没有。张惠言说温庭筠的《菩萨蛮》有《离骚》的意思,有还是没有呢?"本事新词定有无",这是词的一种特质。好的词,"词以境界为最上,有境界则自成高格,自有名句"。"本事新词定有无",这是给我们读者的一个 potential effect(潜能),一个感发的作用,你可以有种种的感发,你也不一定都给它实质。"这般绮语太胡卢",所以很多小词,他说得不清楚。"灯前肠断为谁书",到底这个词触动他真正的感情的那个原始的点在哪里?"隐几窥君新制作,背灯数妾旧欢娱",不用说这个女子"妾"

窥不到那个男子"君"所写的是什么。很多时候,作者创作的同时也分出来一个读者,你自己看你的作品,你同时在衡量你的作品。所以你既是作者,也是读者,"君"和"妾"就是一个人,可以是读者也可以是作者。"隐几窥君新制作,背灯数妾旧欢娱,区区情事总难符。"

陆机的《文赋》说:"恒患意不称物,词不逮意。"你自己都不知道我写的是不是恰好,所以这首小词,妙就妙在它好像是写境,又好像是造境,而且可以由我来"附会",讲成一种词的美感的特质。如果说陆机的《文赋》是用赋的体式写出来文学的创作思想的一篇赋,那么王国维这首词,就用一首小词写出来词的创作与欣赏的美感特质的境界。

《红楼梦》是真正的悲剧

我对王国维评论《红楼梦》的不同意见

我在介绍王国维先生的《〈红楼梦〉评论》时曾讲，王国维先生在那么早期能够引用西方文学、哲学上的理论，写出这样一篇有逻辑思辨性的文学评赏论文，这种成就是很了不起的，我很景仰。可是我认为，我现在要说我的看法，当然我的看法也不一定对，大家每个人都可以有你们自己的看法。我认为《〈红楼梦〉评论》，我们不能够完全接受的一点，就是《〈红楼梦〉评论》完全套用了叔本华的哲学。

我认为文学里边可以反映人生，文学当然是反映人生的，文学既然反映了人生，文学里边当然就有哲学；文学有一个表达的形式，表达形式当然就有美学。我们从文学里边寻求哲学和美学，这是不错的。可是我们所要针对的是这一个作品的本身，而不是把一个现成的理论，套在它上面。我认为王国维先生之所以有了这样的错误，是因为他那个时候毕竟只有二十七岁，还很年轻，而且那个时候一般还没有人能够做到接受西方的理论，并把它灵活地运用。我们接受西方理论时，不应该生搬硬套，强调和看重的应该是西方的理论可以给我们一种启示，可以给我们一个视角，一个观察评论的角度。我们不能够把叔本华的哲学完全套到《红楼梦》上，《红楼梦》的作者曹雪芹不是根据叔本华的哲学来写的《红楼梦》。

而且《〈红楼梦〉评论》中有一点我尤其觉得不能同意，就是王国维用生活的欲望来讲《红楼梦》。他用谐音的办法解读，欲望的"欲"念"yù"，贾宝玉的"玉"也念"yù"，所以他说贾宝玉的玉就代表了是生活之欲。这一点我完全不同意他，我认为我们看《红楼梦》，要针对《红楼梦》的本身来看。

我认为很应该注意的就是，其实《红楼梦》开端，在《红楼梦》的第一回就说到，这一块顽石就是贾宝玉的前身。这个顽石上刻了很多的文字，这是顽石入世后把他的经历写下来，写在这个石头上的。这一块顽石，本来是中国神话传说中女娲炼石补天剩下的一块石头，放在青埂峰下。有人说"青埂"两个字就是"情根"的谐音，这块顽石为什么入世？就因为他有一念未死的情根。他如果很早就出世解脱了，他就不用再入世一遭了。我认为这个故事是非常有意思的一个故事。

红楼里顽石的悲哀

人生的意义、价值、目的在哪里？你白白地活在世界上几十年，你成就了什么？你的意义价值在哪里？左思曾写过一首诗，"铅刀贵一割，梦想骋良图"（《咏史八首·其一》）。"铅刀贵一割"，刀当然最好就是钢刀，《水浒传》上杨志卖刀，吹毛得过，是一把钢刀。左思诗中说是"铅刀"，我这把刀是铅做的刀。铅做的刀当然不锋利了，既没有钢刀的锋利，恐怕也还没有铁片刀的锋利。但是铅刀也叫刀，既然叫刀就要能切割东西。我就算是一把铅刀，我就算生来是无才无能的，可是我既然作为一个人，我难道不该完成些什么事情吗？就是一把铅刀，我的可贵的价值就是总有一割之用，至少要用你切过一次，你才没有白活这一趟，"铅刀贵一割，梦想骋良图"。

所以中国古代的诗人杜甫说"致君尧舜上，再使风俗淳"。杜甫他以为以他的理想，以他的志愿、抱负，他能够使国君成为尧舜之君，使当时的人民真的过上太平安乐的生活。"致君尧舜上，再使风俗淳"，这就是他此生要做的事。李太白说能够功业完成，我就"拂衣归五湖"，都是要完成功业。李商隐说"欲回天地"才"入扁舟"，我要把天地都挽回来，把所有人间的不幸都挽回，我才到扁舟上去隐居。古代的仕隐，常常是对立的。

我在加拿大教书的时候，有个学生的论文写的是李白，李白总是说"功成拂衣去"，很多次写到自己的理想是功成名就"归"。国外的这些博士考试，不是只要导师给他通过了就可以了，还要请外系的人评审。我们就请了外文系研究西方文学的导师而且是西方人来评审。评审时就讲到中国古代的诗人，像李白、杜甫等人总是如李商隐所言"永忆江湖归白发，欲回天地入扁舟"，我永远想着我要归隐江湖。什么时候归隐江湖？白发的时候，事功都做好了，成功立业了，永忆江湖，白发才归，"永忆江湖归白发"。"欲回天地"，挽回了天地，我就上了"扁舟"。

外国人就不懂这种情怀，外国人就说你们中国人什么意思啊？要出来做事就做事，干吗老说隐居？他就不懂得我们的意思。我们中国人为什么一方面做事一方面说隐居？因为隐居表示你不追求功名利禄。清朝的时候有买官的制度，那些个为了追求功名利禄买官的人，花了这么多钱去买，买了这个官你怎么可能不把这本捞回来呢？所以买官成功的人，上任后就贪赃枉法。这就有了"三年清知府，十万雪花银"。只有那些志不在功名，心怀着隐居志性的人，才能够做好了官，而不是贪赃枉法。他没有隐居的、出世的这种修养、这种理想，他就难得超越贪赃枉法的利禄的欲望。这就是为什么中国人总是一边做官一边说我可是要隐居，就是有这样的一种矛盾。可是呢，你要是想隐居，你当初就不要出来做官就好了，你就一直隐居，可是他总想还要出来。作为一个人，你难道不想完成你自己吗？所以功成我才能归五湖，这就是"永忆江湖归白发，欲回天地入扁舟"。

《红楼梦》中这块女娲补天剩下的顽石，如果未经炼过，也还则罢了，就是一块普通的石头，根本就不能补天，那也心甘情愿，就不补了。但是这块顽石还被女娲炼过，那就应该是一个有能力的人，应该是可以做出点什么来的。为什么居然没有用了？为什么居然就把我抛弃在青埂峰下？这是顽石的悲哀，所以顽石就想要入世。

《红楼梦》第一回就写了一首诗：

无材可去补苍天，枉入红尘若许年。
此系身前身后事，倩谁记去作奇传？

"无材可去补苍天"，我也被女娲炼过，可是我被废弃了，丢在这里，没有用我去补苍天。我想要到红尘中做一番事业，可是"枉入红尘",我白白地生在尘世一趟,我在尘世也没有完成什么。"此系身前身后事",身前是那块顽石,身后就是宝玉这个人。如果是以顽石来说,顽石是本身,宝玉是幻身。如果以人来说呢,宝玉才是真正的这个人,顽石是假托,"此系身前身后事,倩谁记去作奇传?"

贾宝玉说"枉入红尘若许年",为什么?因为当时贾宝玉所看到的为官做宦的人,比如贾雨村,你为官做宦如果不贪赃枉法,你就在官场上立不住足。所以《红楼梦》上有一段讲到,说贾雨村来贾府要见一见贾宝玉。贾宝玉当时在他住的地方,史湘云就劝他说,你也应该学一学这些为官做宦的仕途经济之道。贾宝玉就说了,那你就请出去,不要在我这里沾污了你这些有经济仕宦的大道理的人。贾宝玉为什么不愿意去科考?为什么不愿意去做官?为什么不要去学仕途经济之学?因为他看透了那些人的贪赃枉法、为非作歹,看透了那些污浊、邪恶的社会风气。

曹雪芹与李煜有相似的痛苦

《红楼梦》这本书,作为小说来讲,它是一个突破。因为中国过去的小说,像《三国演义》《封神演义》,常常写的要不然就是历史,要不然就是神话,要不然就是笔记小说或者传奇杂记,都是这样的形式。可是只有《红楼梦》是一部真正的创作。它是不依傍于历史,也不依傍于传奇的奇闻逸事,是作者自己真正的感受、自己的体会,而且不只是感受和体会,还有作者自己的反省和观察。所以,《红楼梦》跳出了中国旧传统的小说的范围。如果从这一点来说,我认为《红楼梦》的成就和李后主的词有相似之处。这个大家可能会认为我是拟不于伦。李后主所写的是词,曹雪芹所写的是小说,怎么会相似?我是说,他们在突破传统的那一点上有相似之处。

《花间集》里边的作品,叙说的是歌宴酒席之间,写给歌女去歌唱的歌词。所以以词的起源来说,词对于诗是一种背离，就是词是对诗的传统的一种背叛、一种离弃。为什么呢？因为诗歌的传统是言志，"诗言志"，"诗者，志之所之"，"情动于中而形于言"。诗所写的是你自己内心你的思想、你的感情、你的意愿，诗是言志的。可是词呢？词早期是写给歌女去歌唱的歌词。作者在词里边所写的不是自己的思想感情。

宋朝的笔记记了一段故事，苏东坡的好朋友黄山谷，也就是黄庭坚，既写诗，也写词。黄山谷有一个学道的朋友法云秀，法云秀就跟他说，诗你多作些很好，没有害处，"艳歌小词可罢之"。词就是歌词，而且是艳歌小词，因为词是写给歌女去唱的，所以里边所写的都是美女、都是爱情，都是香艳的。这样的作品可罢之，你不要再写了。黄山谷说，"空中语耳"，也就是说我艳歌小词里边写的美女和爱情是假的，没那回事，是"空中语"。不是我认识一个美女，我对美女有爱情，完全不是，那就是一个歌词，不是言志的，所以他说"空中语"。

词本来是歌词之词，是"空中语"，可是自李后主之后就不然了。李后主经过破国亡家的变故以后，他说："多少恨，昨夜梦魂中。还似旧时游上苑，车如流水马如龙，花月正春风。""四十年来家国，三千里地山河。""一旦归为臣虏，沈腰潘鬓销磨。"写的是什么？写的是他自己，他自己破国亡家的感情悲恨。词本来是歌词之词，从李后主开始，把词当作抒写自己感情的一个新体诗了。

　　王国维说，词到李后主眼界始大开。李后主改变了本是歌词的词，让词成为士大夫言志的诗篇。什么原因？什么原因使得李后主突破了歌词之词的传统？我以为是破国亡家的悲恨。因为歌词是流行的，大家熟悉曲子调牌，就当作歌词去写，可是一旦作者内心之中有了这么大的悲哀和痛苦，他要表达，他就把他的悲苦用他最熟悉的形式表现出来了。中国的小说，都是写历史，都是写传奇，都是写神话，都是写小说家言的野史琐闻，为什么《红楼梦》的曹雪芹写出这么一部著作？同李后主一样，也是自己亲身的痛苦的经历。李后主痛苦的经历使他突破了歌词的传统，曹雪芹痛苦的经历使他突破了过去小说的传统。所以我认为曹雪芹的成就是因为他有这样的成功。

真性情的人无法忍受官场

我还要把曹雪芹再比一个人，大家也许觉得我比得都拟不于伦，我怎么把曹雪芹跟李后主比了？我现在要再比一个人，也许大家更以为我不应该比的了，就是陶渊明。把曹雪芹跟李后主比，还有可说，都是文学家，一个创作小说，一个主要创作诗歌。陶渊明是隐居躬耕田园的隐者，曹雪芹跟陶渊明有什么可比性？我认为，曹雪芹与陶渊明都是有真性情、有真理想、有真正的人格的人。有真正的理想、真正的性情、真正的人格的人，对那些贪赃枉法，邪恶的社会的罪恶，他都是不能忍受。

陶渊明何尝不想有一番作为？陶渊明的诗说："少时壮且厉，抚剑独行游。"我少时也曾经壮且厉，我也曾经希望做一番事业。可是，陶渊明没有完成，就因为他生在晋宋的易代之间。在晋宋的易代之间，那官场就更加可怕。一般的没有改朝换代的时候的官场，不过是贪赃枉法而已，到了时代改变的易代之间,就不仅是贪赃枉法了,还有政治的斗争。一个有理想的人、有正义的人、有真的感情的人,他没有办法生活在这样的环境之中。所以,陶渊明曾经给他儿子留下一封短信,他说我"性刚才拙",我性情很刚直,应付社会的能力真是很笨拙;"与世多忤",所以我跟这个时代,跟这个社会,跟这个官场就有很多不能相合的地方。你如果是做一任官,再肯贪赃枉法,那不但你自己受用无穷,你子孙都受用无穷了,你可以给你的子孙都置下很多产业了。而我不能,我没有办法,我"性刚才拙,与世多忤",所以我回来种田。

可是有的时候我种田种了一年,遇到虫灾旱涝,常常"寒夜无被眠",寒冷的夜晚我连一床保暖的被都没有。我"使汝等幼而饥寒",我对不起我的孩子们,让你们从这么小就跟我忍饿受冻。但是他说,"饥冻虽切",饥是饥饿,冻是寒冷,饥饿和寒冷这是我们切身的痛苦,不是身外的,这是我们自己的饥饿,我们自己的寒冷,这个是很切身的痛苦。但是"饥冻虽切,违己交病",你让我出卖我自己,去逢迎那个官场的贪赃枉法,我就会"交病",身心都无法忍受。而且在官场之中,如果别人都贪赃枉法,你不肯同流合污,你常常是被攻击的,你常常是站不住脚的。"饥冻虽切,违己交病",所以我"俛俛辞世",才"使汝等幼而饥寒"。我不能够迎合官场的生活。

陶渊明选择了躬耕，我付上我自己身体的劳动，"晨兴理荒秽，带月荷锄归"，起早贪晚地在田里边劳动。只是因为我不能够忍受那些污秽、罪恶和痛苦。陶渊明不能够忍受官场，最后选择了躬耕。贾宝玉也不能够忍受仕途经济，最后选择了出家。如果以贾宝玉跟陶渊明相比，陶渊明比贾宝玉更坚强，他没有逃避。这是我读王国维的《〈红楼梦〉评论》，我自己看《红楼梦》后我的心中所得。

《红楼梦》讲的不是解脱，而是真正的悲剧

贾宝玉不能够入仕途的经济，所以他对于功利现实人生是落空了。他唯一追求的理想就是在人世之间能得到一个真正相知相爱之人。曹雪芹也说我的《红楼梦》跟那些诲淫的书是不同的，那些诲淫的书都写的是身体上的肉欲，可是贾宝玉要的是一种心灵上的感情。你看贾宝玉当然也很多情，对于什么女性都很多情的，可是贾宝玉的多情常常是同情，是协助人，是帮助人，是同情，不是男子的欲望的占有。只有对林黛玉跟别人不同，贾宝玉跟林黛玉的那个感情也不是男女之间肉欲的感情，而是心灵上的一种相知的、知己的感情。

可是现在他知道，他不但其他的一切都落空了，不但是"无材可去补苍天，枉入红尘若许年"，在感情心灵上也落空了。《红楼梦》十二支曲子里边有一首《枉凝眉》，还有

十二支曲子《引子》："开辟鸿蒙，谁为情种？都只为风月情浓。趁着这奈何天，伤怀日，寂寥时，试遣愚衷。因此上，演出这悲金悼玉的《红楼梦》。"下边的《枉凝眉》："一个是阆苑仙葩，一个是美玉无瑕。若说没奇缘，今生偏又遇着他；若说有奇缘，如何心事终虚化？"这是他另外一个落空。世俗的补天的愿望是落空了，他的爱情也落空了，唯一的一个可以心灵相通的人，最后是被拆散了，而且林黛玉死了。"一个枉自嗟呀，一个空劳牵挂。一个是水中月，一个是镜中花。想眼中能有多少泪珠儿，怎经得秋流到冬尽，春流到夏！"

王国维在评论《红楼梦》时认为《红楼梦》是示人以解脱之道，我不同意他的观点。曹雪芹开头第一回的偈语，"无材可去补苍天，枉入红尘若许年"，这不是一个解脱；《红楼梦》结尾的偈语："说到辛酸处，荒唐愈可悲。由来同一梦，休笑世人痴！"就更不是解脱。而且《红楼梦》还曾经有过一首诗："满纸荒唐言，一把辛酸泪。都云作者痴，谁解其中味！"这些说的都不是解脱。所以我认为《红楼梦》不是如同王国维所说，完全是叔本华的哲学，是示人以解脱之道。《红楼梦》是一个真正的人生的悲剧。

这是我个人的一点点的看法。我说得很零乱，可能有很多错误的地方，因为《红楼梦》本来就是横看成岭侧成峰，大家都可以对它有很多的体会。

《红楼梦》的诗词之美

红楼里的诗词有高下之分

我是一个终生从事诗词教研的工作者,小说不是我的教研范畴。但我写过一本书,《王国维及其文学批评》,而王国维曾写过一篇《〈红楼梦〉评论》,所以我也写过一篇对于王国维《〈红楼梦〉评论》的评论。有一次,美国威斯康星大学的周策纵先生主持一个国际红学会议,他因为我写过一篇《〈红楼梦〉评论》的评论,把我也约去了。但我不是真的红学家,我除了因为研究王国维而偶尔写过这么一篇有关《红楼梦》的文稿以外,没有再写过关于《红楼梦》的任何文字。

南开大学举办这次《红楼梦》翻译的研讨会,组织者约我讲讲《红楼梦》中的诗词。而我手边一本《红楼梦》的书都没有,所以就临时借了一本题为《〈红楼梦〉诗词》的书,找了几首诗词,想随便谈一谈。

在开始讲《红楼梦》诗词前,我想先讲几句话,因为我是讲诗词的，而《红楼梦》中确实有很多诗词。有的年轻人对我们古典诗词没有那么浓的兴趣，而对于《红楼梦》兴趣却比较大。所以我也常常在讲课中被学生提问："老师，您常常讲诗词，那《红楼梦》中的诗词怎么样呢？"借此机会，我就回答一下大家好奇的问题。

我首先要说，在我的感受中，在过去教诗词的体验中，我觉得对真正的诗人之诗与小说中的诗要分别来看。古代有非常优秀的诗人、词人，像杜甫、李白、苏东坡、辛弃疾等。如果说把《红楼梦》的诗词放在这些诗人、词人作品中去衡量，实在不能说是很好的作品。但这样的衡量是不公平的，因为这不是曹雪芹自己的诗词，而是曹雪芹的小说里面人物作的诗词。如果作为小说里面的诗词来看待，我觉得《红楼梦》中的诗词是了不起的。

我以为，作为小说的诗词，曹雪芹写的《红楼梦》诗词里面，大致可以分为三种不同的类别。这三种类别，若是以诗词标准来说，我认为还是有高下之分，我们不能同等看待。

小说里的诗是一种预言

有一类诗词作为一种暗示的性质，预先介绍小说的人物。这一类作品，我简单举两个例子，是金陵十二钗副册的判词。金陵十二钗分为正册和副册，记载了《红楼梦》中一些女性形象与命运。有些重要人物在正册，还有些次要人物就在副册。这类判词对《红楼梦》中的人物做了简单、概括的说明，而且是用诗词来做的说明。

举例来看，一个例子是香菱。香菱是很不幸的一个人，从小被人拐走，又被卖出去，被薛蟠买去做妾。后来薛蟠又娶了夏金桂，夏是一个性情非常淫暴的女人，香菱在她手下受了不少虐待。《红楼梦》判词里关于香菱的诗是这样写的："根并荷花一茎香"，香菱是菱角，生长在水塘里的，荷花也是生在水塘里的，所以说"根并荷花一茎香"；"平生遭际实堪伤"，因为她从小就被拐走卖出去了，卖给人家做妾，而且是在大妇的淫暴下受尽屈辱和虐待，当然是"遭际堪伤"；

"自从两地生孤木,致使香魂返故乡","两地生孤木"是拆字的谜语,谜底是桂花的桂字,一边是木,一边是两个土字,说的是薛蟠的妻子夏金桂。

用一首诗简写香菱的一生,好像一个诗歌的谜语,而且用了拆字的办法。严格说来,这个不能算是很好的诗,但是作者曹雪芹在小说里面,用这么一首诗简单地概括了香菱的一生,自然有一种微妙的作用,这是一类的作品。

再如金陵十二钗正册的判词,十二钗中最重要的两位女性,一个是林黛玉,一个是薛宝钗。曹雪芹用更短的一首诗,总括了她们两个人不同的身世和命运。诗句是:

可叹停机德,堪怜咏絮才。
玉带林中挂,金簪雪里埋。

"停机德"说的是薛宝钗,一般说来宝钗在做人方面表现得非常有修养。"堪怜咏絮才"说的是林黛玉的才华过人。"玉带林中挂"是林黛玉,而这里还用了谐音,"玉带"的"带"字,谐音成"黛"字,就指林黛玉。"金簪雪里埋","金簪"就是宝钗,头上戴的金钗,"雪"就是谐音"薛"。前一句"可叹停机德"说的是宝钗的性格,"堪怜咏絮才"说的是黛玉的才华,"玉带林中挂"是紧接第二句写林黛玉的谐音,"金簪雪里埋"返回来接第一句用谐音暗指宝钗。

像这一类《红楼梦》金陵十二钗的正副册判词，用了很多拆字、谐音的办法来总括小说里面主要女性的平生。这一类作品，作为小说来看，能非常巧妙、非常恰当地来掌握每个人的性格和命运，可是不是很好的诗词。

我为何说曹雪芹了不起

《红楼梦》中还有另外一类诗词。《红楼梦》常常写，这些女孩子往往组织一些诗社、词社，比如在菊花开时组织菊花的诗社，大家都写菊花诗；春天柳絮飘飞的时候，大家就组织了柳絮的词社，大家就都填关于柳絮的词。这一类作品也有它的特色。一般说来曹雪芹的诗词，虽然不能够跟古代真正的诗人、词人李杜苏辛等大家相比，但他真的了不起，因为他用了各种写作技巧，表现了各方面的才华。前边他用了谐音、拆字，概括地掌握了金陵十二钗的一生。现在更进一步，曹雪芹他自己作为一个男性，他要设身处地地替那些小说中的人物设想每个人的遭遇，每个人的生平，每个人的性情，比如林黛玉是什么样的性格，薛宝钗是什么样的性格，再按照她们的个性写出不同风格的作品来，这是很了不起的地方。

我们也举两个例证看一看，《红楼梦》第七十回写大家结社填写柳絮词。一篇是林黛玉的《唐多令》：

> 粉堕百花洲，香残燕子楼。一团团逐对成毬。漂泊亦如人命薄，空缱绻，说风流。　　草木也知愁，韶华竟白头！叹今生谁舍谁收？嫁与东风春不管，凭尔去，忍淹留。

这是林黛玉眼中的柳絮。在中国大陆的北方，每到春天，常有很多柳絮随风飘舞着。在诗词里面，柳絮是非常美的，"濛濛乱扑行人面"，"拂面沾衣"，写得非常美，想象之中是非常美的，但我们若真是生活在柳絮中，也很烦恼的。

"粉堕百花洲"，百花洲中有很多茂密的柳树，暮春时节，柳絮纷飞。"香残燕子楼"，燕子楼是一座美丽的著名的楼，相传有个美丽的女子关盼盼在里面住过，"香残燕子楼"是春去花落人亡的悲慨。春天的消失是柳絮飘飞，"一团团逐对成毬"，柳絮看起来不像桃花、李花、杏花，红红白白地开在枝头，你什么时候看过柳絮在树上开了一树的花？没有。柳絮是才开就落了。苏东坡有一首柳絮词，"似花还似非花，也无人惜从教坠"，你说它是花吗？它不像别的花开在枝头上，"似花还似非花，也无人惜"，没有一个人爱惜柳絮。人们惜花爱花，爱的是开在枝头上的红紫粉白的各种颜色的花，但哪个人真正爱惜过柳絮？所以"粉堕百花洲，香残燕子楼。

一团团逐对成毬"，柳絮飘下来，毛绒绒的，滚成一团，"漂泊亦如人命薄，空缱绻，说风流"。

我一直还记得，我当年在辅仁大学读书时，男女分校，女生校舍在恭王府。红学家周汝昌曾写过一本书《恭王府考》，他认为恭王府就是曹雪芹《红楼梦》里所写的大观园的蓝本。周汝昌写了这本书后，送给我一本，要我写两首诗。我曾写了两句，"所考如堪信"，你的考证假如真的是值得相信的话，"斯园即大观"，我当年读书的校园就是大观园。当年我在恭王府上课时，每到春天，我们教室敞开门和窗户，柳絮就飘飞在庭院之中，卷成一团，又飘到讲堂之上，真是"一团团逐对成毬"。

"漂泊亦如人命薄"，柳絮之没有人珍惜，柳絮之随风飘落，正与林黛玉相似。林黛玉母亲死了，后来父亲也死了，她不得不只身一人寄居在贾府。"漂泊亦如人命薄，空缱绻，说风流"。柳絮这样在地上滚来滚去，像苏东坡所写"似花还似非花，也无人惜从教坠……思量却是，无情有思"。林黛玉说柳絮漂泊，好像有那么多情思，而且在地上滚来滚去，是团团旋转，是"缱绻"。"缱绻"是一种徘徊、缠绵不断的样子。可是"空缱绻"，没有人珍惜它，它的多情缱绻是没有结果的。"空缱绻，说风流"，风流就是多情，无人珍惜它，只是空自多情。

下面又说："草木也知愁，韶华竟白头。"我们说草木是无知的,像柳絮这样的植物虽然是草木,好像也懂得悲愁了。因为它的"韶华",正是在美好的春天,而它却刚刚在枝上长出来,只要枝上的蕊一张开,就马上落下来了。王国维也写过一首柳絮词,用的是苏轼和章质夫(章楶)的韵。王国维说柳絮"开时不与人看",开的时候,没有人看见,哪个人看见过?"如何一霎濛濛坠",怎么没有一个人看见花开,而它就已经落下来了。所以"韶华竟白头",一开就落下来了,一开就是白色的。

"叹今生谁舍谁收?"柳絮有什么命运?谁珍重它?谁爱惜它?谁收拾它?"嫁与东风春不管",因为它是随风漂泊的,嫁给东风了,它就委身给吹来吹去的东风。如果说春天有个掌握百花命运的春神,那个春神注意过它吗?怜惜过它吗?"凭尔去,忍淹留",任凭你漂泊,任凭你坠溷沾泥,没有人珍重,没有人爱惜。"忍淹留",你怎么忍心还停留在世界上?世界没有人珍惜你,没有人看重你,你生下来就是漂泊的,所以"凭尔去",你最好还是早点消失吧,你怎么还能够忍心停留在世界上?"凭尔去,忍淹留",这完全是林黛玉的性格、林黛玉的生平。

在当时同时填柳絮词的还有薛宝钗,薛宝钗的词就不同了。这就是曹雪芹的妙处,他写黛玉是黛玉的性格,写宝钗是宝钗的性格,同样是咏柳絮也可以写出截然不同的风格来。薛宝钗说:"白玉堂前春解舞,东风卷得均匀。"这两句写得好。把柳絮写得多么贵重,"白玉堂前"是多么华贵的所在,而且"解舞",它懂得在白玉堂前舞弄出这么美丽的姿态。刚才林黛玉说的"一团团逐对成毬……空缱绻,说风流",可宝钗说"东风卷得均匀",一团一团卷得多好,多均匀,一团团,一个圆球,一个圆球,多么美好。

"蜂围蝶阵乱纷纷",这么多的昆虫都来追求柳絮,蜜蜂也围着它绕转,蝴蝶也围着它摆成阵。"几曾随逝水",难道柳絮的命运真的随流水消失了吗?不一定吧。"岂必委芳尘",它也不一定就落在泥土当中。怎么样?"万缕千丝终不改,任他随聚随分",她说柳絮的万缕千丝,不管是怎么样吹来吹去,其本性是不改的,任凭风吹,它随风可以聚,也可以分。

"韶华休笑本无根",你不要笑春天的韶华,你不要笑柳絮之无根,"好风频借力,送我上青云",我就要借一阵好风的风力,把我吹上天去。

这是《红楼梦》诗词中的另一类作品。《红楼梦》中的诗词有时是用拆字、谐音等方式,用诗词做一种预言;有的诗词则是完全配合了小说里面的角色的性格命运,不同的人物写出不同风格的诗词来。这些诗词虽然不能和李杜苏辛等专门的诗词大家的作品相比,但作为小说之中的诗词,那曹雪芹真是了不起,能够说怎么写就怎么写,想怎么写就怎么写。但我以为,这还不是他最好的作品。

《红楼梦》里最好的诗词

《红楼梦》里真正好的诗词,是曹雪芹借此写出自己对于小说的预言的诗词,这些诗词写出作者曹雪芹自己内心一份真正的感情和感慨。这既是小说里面的诗词,也是对小说的预言。这些诗词和刚才的诗词不一样,因为作者果然写出了他自己内心一种真正的感情和悲慨。这类诗中,我认为有一首诗是非常值得注意的,可是大家平常不太引它,就是《红楼梦》开头第一回在所有诗词都没有出现以前出现的一首诗,《顽石偈》。

大家不要忘记,《红楼梦》是后来改的书名,原来的书名是《石头记》,写的就是石头,所以书名叫《石头记》。《红楼梦》开篇第一首出现的诗词,我觉得很应该受到注意,那就是《顽石偈》,顽石指的就是青埂峰下的那块石头。《红楼梦》小说中说,这块石头是当时女娲炼石补天时留下的一块石头。这块石头每天自己悲哀叹息,他说那些别的石头都是有用的，女娲把它们炼石补了天了，就剩下我这块石头，居然没有用处，就落得荒废在这里。这真是可悲哀啊！

一个人什么最可悲哀？你活在世界上，过了一世你完成了你自己吗？你白白地来到这个世界上了吗？一个人每天都在想，我一定要实现我自己，一定不要枉过我这一生。所以这个顽石就整天悲叹，那些石头都有补天的作用，独有我是荒废了，于是它就要求道士僧人带它到红尘中去。可是它来到红尘又怎么样？你在青埂峰下，你是浪费了；你来到红尘，你是要对红尘有所用，怎么样才能有所用？

中国古代封建社会，要有所用，唯一的路子就是学仕途经济之学，走仕途经济之路，你就要参加科考，就要进入仕途。而古往今来,特别是在中国的封建社会,仕途充满污浊，直到现在贪官污吏、贪赃枉法的各种现象也都是如此。哪一个官场是干净的？古往今来连中外都算上，都是如此。你说你来到红尘之中，你怎么样来完成你自己？仕宦都是贪赃枉法的，哪一个人是干净的？这一方面失望了，你追求什么？人类追求什么？很多哲学家都在想，人生的意义和价值究竟在哪里？很多人都在想这个问题。有的人就说，其实一切都是虚空，什么都是假的，什么都是没有价值的，什么都是不可靠的。唯一能使你得到安慰的只有爱情，只有爱情才是真的，就是你在爱情之中的时候，你觉得你的生命是有意义的，是有价值的，是可宝贵的。

可是爱情就真的那么可信吗？在封建社会中，冯其庸先生也讲过了，一是在仕宦中，它是不干净的；爱情呢，在封建社会中是不自由的。（本文凡引冯先生语皆根据冯其庸先生在《红楼梦》翻译研讨会上的发言。）你真的能够和你所爱的人结合吗？不可能的。仕宦是不干净的，爱情是不自由的。其实就算自由了，你看现在结婚、离婚，一日数变的，即是有爱情，爱情是可靠的吗？爱情是不可靠的。哪个爱情是可靠的？

就算是追求爱情，追求的爱情也是不同的。贾宝玉和林黛玉追求的是爱情，像崔莺莺和张生两个人，根本就是眉目传情。白居易说："郎骑白马傍斜桥"，一个年轻少年郎骑着白马站在桥边；"妾折青梅倚短墙"，女孩子就折青梅靠着短墙；"墙头马上遥相顾"，我在桥上看你一眼，你在马上看我一眼；"一见知君即断肠"，古代女子封锁太久了，偶然看见一眼，一眼就断肠。可贾宝玉和林黛玉真的不同，他们不像张生和崔莺莺"一见知君即断肠"，然后两人在西厢就约会。至于《牡丹亭》的杜丽娘，连见都没见，只在梦中有幽会。而贾宝玉其实是不同的。所以警幻仙姑说古人所谓"淫"，说的就是一般的男女，是物质化的，是肉体的，是现实的，是这样的淫欲。而贾宝玉是"意淫"，与一般人是不同的，贾宝玉是属于心灵的一种感情的。

贾宝玉还有很妙的一点。我认为，如果是一般的男孩子，对很多女人都表示好感,我们做女人的,一定觉得不赞成。你怎么能看见这个也觉得不错,看见那个也觉得很好呢?但如果是贾宝玉,我认为是可以的。因为贾宝玉,第一是很纯的,没有邪恶,他对于女子,不像贾琏、贾瑞,那么低下的爱情,一种物质的欲望的感情。你看贾宝玉对女子的关心,有一次贾宝玉觉得香菱这么好的女子,遭遇这么不幸的生活,他不是要占有她,不是要对她怎么样,他想的是能为她做一点事,也是心甘情愿的。他听刘姥姥讲过一个故事,说有个女孩子很贫穷,他就想去关爱她。他是一种仁者之心,一种同情,一种关怀。所以贾宝玉的多情是一种纯真的多情。而他跟林黛玉的相知,他和林黛玉的爱情,是知心。人之相知,贵相知心。不是只是"墙头马上遥相顾",那种只是外表上形色、肉欲的爱情,而不是真正发自心灵的感情。

我看过一部电视剧,很多人都没有看过的电视剧。我姓叶,本是蒙古族人。蒙古部落后来被清朝征服了,我们族就是叶赫纳兰族,清代写《饮水词》的纳兰性德一族,我们是同一个族氏。台湾有一位非常著名的作家席慕蓉,她也是蒙古族人,当她听说我是蒙古裔的满洲人时非常高兴,一定要带我去寻根。2002年9月下旬,她就把我带到吉林长春附近叶赫的地方,那真是叶赫的地方,还有叶赫古城的一个废城的土堆。这个旧城是真正四百年前的叶赫古城,旁边还盖了一个赝品的新城。

国内拍过一个电视剧,叫作《叶赫那拉公主》,"叶赫纳兰"或是"叶赫那拉",是蒙古族发音,大太阳的意思。叶赫是大的意思,纳兰是太阳的意思。我听说这个剧演的是叶赫纳兰家族的事,所以就把这部电视剧找来看。剧中有一个女孩子叫作东歌,她爱上一个汉人。而在叶赫的部落中,其实不止叶赫的部落,像欧洲王室的政治婚姻,以及汉唐全盛的朝代,一个女人,一个公主,在国家用到你的时候,就让你去和番。欧洲的公主嫁王子,都是两个国家彼此间的国际政治交易。东歌的兄长就逼她嫁别人,把她原来爱的汉人绑起来,要用火把他烧死。他们不许这个男子爱东歌,那个男的就说爱情是发自心灵的,这是不能勉强的。不是说你让他爱就爱,不让他爱就不爱,爱是没有办法的,是自己都欲罢不能。当爱是一种心灵上的感情,才是如此的,与"instant love"(快餐式爱情)是不太一样的。

宝玉与黛玉,他们从小一起长成,所以宝玉说,你看林妹妹从来没有说过这样的混账话。可最后的结果是他们两个被人拆散了。你说生命的意义和价值是什么?有一位国内研究哲学很有名的先生认为:真正使人生有意义、有价值的就是爱情。可是你现在证明爱情,不用说两个人,就连本人自己都可以改变。就算两个人是发自心灵的爱情,是不可改变的爱情,林黛玉和贾宝玉结合了吗?东歌和那个汉人结合了吗?没有。所以你发现你在世界上追求的一切都落空了。

在仕宦方面，你说你要挽救国家民族，你不去官场中做官，你不去蹚这浑水，你有什么资格说救国救民？你什么机会都没有，所以说"无材可去补苍天"。你追求爱情，你能够得到什么？就算你果然能够掌握了，可是环境允许你得到吗？"枉入红尘若许年"，你的一辈子不是白白过去了吗？你没有完成你自己，你的追求都没有得到。

这就是《顽石偈》，《红楼梦》开宗明义第一首诗所写：

> 无材可去补苍天，枉入红尘若许年。
> 此系身前身后事，倩谁记去作奇传？

这是贾宝玉的悲剧，贾宝玉的追求的落空，他对人生的失望，这是第一首诗。

我说过《红楼梦》中有几类诗，谐音拆字的就不算了，假托每一个书中角色所写的诗也不算了，而这些借书中情事写作者自己悲慨的诗是值得注意的。因为这类诗表现了作者真正写作《红楼梦》这本小说的内心的感情，他内心的真正的动机。所以他不但开篇写了《顽石偈》，最后还写了《题石头记》的一首诗：

> 满纸荒唐言，一把辛酸泪。
> 都云作者痴，谁解其中味！

这是贾宝玉的悲剧，是石头一生的悲剧，所以书名本是《石头记》。

《红楼梦》与中国其他古典小说一个最大的区别，就是中国的古代小说有的是历史的演义，像《三国演义》，许多小说都是某朝某代的假托历史，从历史中挑出某个事件，把它演义而成；又或是写神怪的，像《西游记》；要不就是写其他逸事传闻的。而《红楼梦》不是，它是地地道道的创作。《红楼梦》的创作并不是根据一段历史，一个神怪的传说，而是作者真正地从内心中抒写出来的，是他自己生活的经历，是透过他自己对于生命的体验写出来的作品。

他假托是"荒唐言"，因为有一些他不愿直说，不能够直说。他假托很多道士和尚、绛珠仙草、青埂顽石。你从外表上看都是荒唐言，但真正的里面是"一把辛酸泪"，是作者平生对生命生活，对人生的悲哀、苦难的体会。"满纸荒唐言，一把辛酸泪。都云作者痴，谁解其中味！"人一生追求仕宦，仕宦不干净；追求爱情，爱情是落空的。

所以他另外有两首诗：一首写一般人所追求的物质层次的落空，一首写爱情层次追求的落空。一首是《好了歌》，写世人追求物质的落空："世人都晓神仙好，惟有功名忘不了！古今将相在何方？荒冢一堆草没了。世人都晓神仙好，只有金银忘不了！终朝只恨聚无多，及到多时眼闭了。世人都晓神仙好，只有娇妻忘不了！君生日日说恩情，君死又随人去了。世人都晓神仙好，只有儿孙忘不了！痴心父母古来多，孝顺儿孙谁见了？"这是属于现实的物质的追求，落空了，一切都落空了。

对于物质的追求落空了，那对于爱情的追求呢？《红楼梦》十二支曲子的《引子》，是这样写的："开辟鸿蒙，谁为情种？都只为风月情浓。趁着这奈何天，伤怀日，寂寥时，试遣愚衷。因此上，演出这怀金悼玉的《红楼梦》。"还有《枉凝眉》一首曲子："一个是阆苑仙葩，一个是美玉无瑕。若说没奇缘，今生偏又遇着他；若说有奇缘，如何心事终虚化？一个枉自嗟呀，一个空劳牵挂。一个是水中月，一个是镜中花。想眼中能有多少泪珠儿，怎经得秋流到冬尽，春流到夏！"现实的功名利禄的追求落空了，而爱情的追求不用说你没有遇见，就算是遇见了又怎么样呢？"若说没奇缘，今生偏又遇着他；若说有奇缘，如何心事终虚化？"

《红楼梦》的诗词，与正统诗词有何差别？

我们以上讲了《红楼梦》中三类的诗词，一类诗词是拆字、谐音写成，带有暗喻的性质，这是很工巧的作品，但没有更多意义和价值；另一类诗词是模拟书中角色写的，他能够结合得这样好，写得这样贴切，这是有他的成就；还有一种是作者吐露内心写作《红楼梦》的苦衷，一份真正内心深处的感情的诗词，这是写得非常好的。

我最后回答大家的问题。《红楼梦》诗词写得很好，可是不能够跟很正式的诗人的诗词相比。怎么样分别高下？像刚才林黛玉、薛宝钗的词是不是写得很好？你怎么说不好？我给大家举一个真正的例证来做比较。

《红楼梦》中写得最长最动人的诗是林黛玉的《葬花词》。林黛玉的《葬花词》很长，我只引前几句与结尾几句，然后我把林黛玉所写的落花、葬花与真正的诗人所写的《落花》

诗做一个比较,然后大家就能知道为什么《红楼梦》诗词在《红楼梦》中是好的,但不能和一般的正统诗词相比,差别究竟在哪里。

林黛玉的《葬花词》大家都比较熟悉:"花谢花飞花满天,红消香断有谁怜? 游丝软系飘春榭,落絮轻沾扑绣帘。"这里说,"花谢花飞花满天",漫天飞花,所有的花都落了。冯正中(冯延巳)的一首词说,"梅落繁枝千万片",梅花落了,从繁茂盛开的枝头飘落,千千万万、一片一片地飘落了,而纵然落了,它"犹自多情,学雪随风转"。纵然生命到了飘落的时候,可仍然表现得如此多情,在从枝头向地面落下的过程中,她要在空中舞出一个旋转的过程。冯正中的词给人一种言外的感发,而林黛玉写的只是一层感动。

最后林黛玉写道:"怜春忽至恼忽去,至又无言去不闻。"我爱怜春天,她忽然间来了,我满心欢喜,忽然间她又走了。来时没有一句话,走时也没有一句话。"昨宵庭外悲歌发,知是花魂与鸟魂? 花魂鸟魂总难留,鸟自无言花自羞。愿奴胁下生双翼,随花飞到天尽头。天尽头,何处有香丘? 未若锦囊收艳骨,一抔净土掩风流。质本洁来还洁去,强于污淖陷渠沟。尔今死去侬收葬,未卜侬身何日丧? 侬今葬花人笑痴,他年葬侬知是谁? 试看春残花渐落,便是红颜老死时。一朝春尽红颜老,花落人亡两不知!"这是写得非常动人的诗,非常直接,非常浅白。

李后主也曾写过意蕴相似的一首词：

> 林花谢了春红，太匆匆。无奈朝来寒雨晚来风。胭脂泪，相留醉，几时重？自是人生长恨水长东。

这一份悲哀写得很好，而李后主的哀悼春天消逝的词与林黛玉的诗有所不同。李后主使用很短的句子，"林花谢了春红"，非常精练，因为其短和精练，所以从落花写起而结合了人生，有了象喻性。林黛玉的葬花词是铺展的，点缀修饰得很多，反而把主题冲得淡漠了，写葬花就是葬花，是个人的事件了。李后主写的意象凝聚在一起，在短短一首词中表现人生。"林花谢了春红"，春天是红色的，珍贵美好；"太匆匆"，花落匆匆，人生消失得太匆匆，人生本来短暂。何况在短暂的人生中，有这么多悲哀，这么多痛苦，有这么多挫折和打击，"无奈朝来寒雨晚来风"。今天树上还有几朵残花，"胭脂泪，相留醉"，每朵花像女子的红颜，上面的雨点就好像泪珠，这样带着泪的花朵留人醉，她让我为她再喝一杯酒，"胭脂泪，相留醉，几时重？"因为明天这朵花也许就不在了，花还会再开，但"君看今日树头花，不是去年枝上朵"，即使明年再有花开但不是今年的花了，"胭脂泪，相留醉，几时重？"永远不会回来了，所以"自是人生长恨水长东"。

现在我们再来看另外两首诗,也是《落花》诗,有很深的悲哀。这是清朝末代皇帝的师傅陈宝琛所作。其一:

> 生灭原知色是空,可堪倾国付东风。
> 唤醒绮梦憎啼鸟,罥入情丝奈网虫。
> 雨里罗衾寒不耐,春阑金缕曲初终。
> 返生香岂人间有,除奏通明问碧翁。

其二:

> 流水前溪去不留,余香骀荡碧池头。
> 燕衔鱼唼能相厚,泥污苔遮各有由。
> 委蜕大难求净土,伤心最是近高楼。
> 庇根枝叶从来重,长夏阴成且小休。

"生灭原知色是空",给人最强烈的从生到死的感觉是花,因为花的生命最美好,花的生命最短暂。"可堪倾国付东风",这么倾国倾城的美色转眼被东风吹落了。"唤醒绮梦憎啼鸟",啼鸟把美梦唤醒了,这里化用了唐代孟浩然的诗"春眠不觉晓,处处闻啼鸟。夜来风雨声,花落知多少"。早晨的鸟叫唤醒美丽的梦。昨天的美丽的花被风吹走了,花落到哪儿去了?花没有随流水漂走,没有"人生长恨水长东",

不是"流水落花春去也",而是"胃入情丝奈网虫"。

辛弃疾曾说,春天走了,唯有"画檐蛛网,尽日惹飞絮",要想挽留花的,有屋檐下的蜘蛛网。蜘蛛网是多情的,要把落花留住,它是有情的、多情的,是蜘蛛网的丝把你留住。但后三个字写得十分悲哀,落花被蜘蛛网网住了,这岂不好?可你看看网里,蜘蛛网网住美丽的花,网中还有苍蝇和蚊子,你被卷入情丝之网,网上还有许多虫。人生就是如此,你身上所披挂的是千千万万的情丝,从你的天伦的情丝,你的父母,你的子女,你的兄弟,你的夫妇,多少情丝缠绕在你身上。所有情丝有它宝贵的一面,而常常也有不美好的一面。

有一天我在讲朱彝尊的一首小词,他写到夜雨船头上,"小簟轻衾各自寒"。你有你的一床窄窄的褥子,你有你身上盖的一床薄薄的被,你要忍受你的寒冷;另外一个人就算跟你在同一条船上,而他有他的一个窄窄的褥子,他有他的一床薄薄的被盖,他要忍受他的寒冷。同在一个船篷之下,你在"小簟轻衾"窄的褥子薄的被下忍受你的寒冷,他在他的窄的褥子薄的被下忍受他的寒冷。同在一个屋顶之下,同在一个教室之中,同在一个家庭之中,你有你的寒冷,他有他的寒冷。人生就是如此的,人生就是孤独的,人生就是短暂的。所以"胃入情丝",就算你有那么多情丝,可是"奈网虫"。你要相爱就应该彼此相信。我曾经看过一部电视剧《过把瘾》,那个女的整天追问那个男的:"你到底爱不爱我?""你到底爱不爱我？""你为什么多看那个女的两眼？"你到底是信他还是不信他？这就是"罥入情丝奈网虫"。

"雨里罗衾寒不耐"，"雨里罗衾"，这是李后主的说法。"帘外雨潺潺，春意阑珊，罗衾不耐五更寒。梦里不知身是客，一晌贪欢。独自莫凭栏，无限江山，别时容易见时难。流水落花春去也，天上人间。"

"春阑金缕曲初终"，这也是化用唐人的诗："劝君莫惜金缕衣，劝君惜取少年时。花开堪折直须折，莫待无花空折枝。""春阑金缕曲初终"，无花空折枝。

"返生香岂人间有"，有一种香，焚香，闻香，可使死人复活。有这样的香吗？天底下有香能使死人复活吗？"返生香岂人间有，除奏通明问碧翁。"除非你写一个奏折，奏到通明的天上，问那个碧翁翁的天帝，问一问他：为什么人生这样短暂？为什么人生这样无常？为什么人生这样痛苦？

还不止如此，这两首诗，"唤醒绮梦憎啼鸟，罥入情丝奈网虫"，这不是直接、简单的反射，与林黛玉"花谢花飞花满天，红消香断有谁怜"不同，"罥入情丝"这里面有转折更深的意思，更有哲思。

我简单说一下第二首《落花》诗。

"流水前溪去不留"，"流水落花春去也"，前面的前溪流水消失，永远不会回来。你去就去，走就走了，如果断了，断就断了，为什么藕断了，还有丝连着呢？为什么花流走了，还有香气留在那里呢？这真是无可奈何的。"余香骀荡"，还留下香气飘来飘去，落花哪儿去了？"燕衔鱼唼能相厚"，或者被燕子衔去做窝了；或是落在水里，被鱼嘴一吞一吞对着落花唼喋。"能相厚"，好像对你很有感情，对你很亲厚。燕子要叼落花，鱼要吞落花，他们对你表现得这么多情，这么亲厚。

可你到底落在哪儿了？"泥污苔遮各有由"，你是落在泥上被泥给玷污了，还是落在青苔上被青苔给遮蔽了？我们人生都是寂寞的，都是孤独的，都是痛苦的，你有你的命运，我有我的命运。"委蜕大难求净土"，这就是林黛玉所说的"天尽头，何处有香丘……质本洁来还洁去"。我知道人生是短暂的，我知道我要离开，但是我要保持我的一份清白。诗人说"委蜕大难求净土"，也就是"天尽头，何处有香丘？"哪里是干净的土地？

"伤心最是近高楼"，杜甫说"花近高楼伤客心"。你们要知道，作者陈宝琛是晚清的宣统皇帝的师傅。当那个朝代消失败亡之际，他该怎么办？如果你不是贵为皇帝的师傅，朝代消亡，我们下走小民，没有关系。你来了我们照样吃饭穿衣，他来了我们也照样吃饭穿衣。可是你贵为皇帝的老师，在这场变故中，你该怎么办？

"庇根枝叶从来重"，人生是短暂的，生命是短暂的，但我们的文化是久远的，保留文化才最重要。要保护根株，要延续根株,这才是重要的。"长夏阴成且小休",现在已到了长夏了,花虽落了,枝叶长成了,树荫也长成了。这就是辛弃疾说的"功成者去,觉团扇、便与人疏"。该走就走,只要尽了责任,花虽落了,但有枝有叶,都长成了。该开的花开了,该结的瓜结了,把架拆掉,这我也不推辞。

《红楼梦》的诗词写得很好,林黛玉的《葬花词》写得也很好。在《红楼梦》中,托拟林黛玉的身世,以林黛玉的年龄写的《葬花词》,曹雪芹写得很好。但如果真与中国大诗人、词人相比,像杜甫说的"一片花飞减却春",就知道层次的不同,哲理的深浅,幽微曲折,言外意思的多少是有所不同的。

尾声：古典诗词，生生不已

中国古人作诗,是带着身世经历、生活体验,融入自己的理想、意志而写的。他们把自己内心的感动写了出来,千百年后再读其作品,我们依然能够体会到同样的感动,这就是中国古典诗词的生命。

我所知有限,不是一个很好的学者,但有一份感情,愿把自己体会的诗词里的东西让年轻人知道。中国的诗词经过千百年流传下来,都是精华。在中国的诗词中,存在一条绵延不已的感发之生命的长流。我们一定要让越来越多的孩子不断加入,来一同沐泳和享受这条活泼的生命之流,才能使这条生命之流永不枯竭。人生各有自己的意义和价值,我追求的不是享受安逸的生活,我要把我对于诗歌中之生命的体会,告诉下一代的年轻人,我亲自体会到了古典诗歌里边美好、高洁的世界;而现在的年轻人,他们进不去,找不到一扇门。我希望能把这一扇门打开,让大家能走进去,把不懂诗的人接引到里面来。这就是我一辈子不辞劳苦所要做的事情。

首先我要讲的是,小时候背诗会使你终身受益。有一次,家里来了不少亲戚朋友，大人就让我给客人背诗。背的是什么诗我都不记得了，但大人们还记得，说是背了李白的《长干行》："妾发初覆额，折花门前剧。郎骑竹马来，绕床弄青梅。"大家都高兴地听着，后来背到"八月蝴蝶黄，双飞西园草。感此伤妾心，坐愁红颜老"的时候，大家就笑了，说："你才几岁，就知道坐愁红颜老了？"我那时当然不知道。小孩子是不了解诗意的，但根本没有关系，就像唱歌一样。

有一次我到北京，老舍的儿子舒乙办了一个学习古典文化的学校，用了叶圣陶的名字，叫圣陶学校，他们带我参观了这个学校。这个学校里的学生都住校，除了常规的课程，还学习《论语》《孟子》《大学》《中庸》《千字文》《百家姓》等一些中国古代经典。他们的教学方法主要是背诵，而且要求背得非常熟。我就问孩子们背诵的这些书什么意思，孩子说老师没讲。这让我想起小时候的自己也是一样的，不管懂不懂，背就是了。这是符合小孩子这个阶段成长的生理规律的，因为小孩子的理解能力差，而记忆力是很强的。利用小孩子记忆力强的优势，多背诵一些经典，等他理解力发达了自然会懂得，将使他受益终身。

我早年背诵《论语》并不理解，但在我以后的人生路程中，遭逢各种各样的事情的时候，会忽然理解了《论语》中的某些话，越发体悟到小时候背书真是很有道理的。直到今日，《论语》也仍是我背诵得最熟的一本经书，这使我终身受益。

　　后来我感受到背诗可以理解诗中的生命和灵性。我的老师顾随先生五岁入家塾，从小就诵读唐人绝句以代儿歌，他的父亲是前清秀才，父亲亲自教授他"四书""五经"、唐宋八家文、唐宋诗及先秦诸子中的寓言故事。顾先生对诗歌的讲授，真是使我眼界大开。他讲课跟一般老师真是不一样，一般的老师讲的只是书本上的知识，而顾先生给我的是心灵的启发。

　　顾先生不仅有着深厚的中国古典文化的修养，而且具有融贯中西的襟怀，加上他对诗歌有着极敏锐的感受与深刻的理解，所以他在讲课时往往旁征博引，兴会淋漓，那真的是一片神行。我虽然从小在家诵读古典诗歌，却从来没有听过像顾先生这样生动深入的讲解，他的课给我极深的感受与启迪。听顾先生讲诗词，你不只是获得文学上的欣赏和启发，还能给你带来品格上、修养上的提升。我常常在课堂上用一句英文讲的"care"，就是关怀，你要有一颗关怀的心，一种对于人、对于事、对于物、对于大自然的关怀。把自己的关怀面扩大的途径有两种：一种是对广大人世的关怀，一种是对大自然的融入。例如杜甫的《登楼》："花近高楼伤客心，万方多难此登临。"这是对广大人世的关怀，他的关怀、他的感情是博大的。像陶渊明的《饮酒》："采菊东篱下，悠然见南山。山气日夕佳，飞鸟相与还。此中有真意，欲辨已忘言。"这是跟大自然的融入。

我从小就读诗,那是一种情趣,就是我喜欢。真正认识到诗词里边那种真正的灵性和生命,是顾先生教给我的。别人讲诗是注重知识、背景,我是对于文字里面所传达的生命比较重视,而不是那些现实的、外在的东西。比如我们来看《登幽州台歌》这首诗:

> 前不见古人,后不见来者。
> 念天地之悠悠,独怆然而涕下。

这在唐诗里是很重要的一首诗,作者陈子昂也是在唐朝诗歌发展上地位很重要的一个人。

不同的诗人有不同的感情,也就有不同的兴发感动。陈子昂在政治上是有理想的,可是他所生的时代是武则天的时代。武则天作为皇帝,事实上并不比其他男性皇帝糟糕,所以像陈子昂这样希望为国家、朝廷做事的人,在武则天的时代也出来工作了。但是,武则天任用了许多武氏的人,有一次陈子昂带兵出去,结果和武氏家族不合,后来就被贬谪,受了很多苦难。

陈子昂登到幽州台上,就想到,要遇到真正欣赏、任用人才的人,才能真的实现理想和抱负,所以就有了"前不见古人,后不见来者"的感慨。人生在世不过数十寒暑,我也向往古人，我也希望能有古人的品性和事业，可是"前不见古人，后不见来者"啊！一个真正有理想、有意志的人会以一生的时间去持守，且不说理想会否实现，因为理想的实现有外在的因缘，但个人的持守是能够自己把握的。然而，当他用最艰苦卓绝的精神力量去持守住自己的意志和理想时，却"前不见古人，后不见来者"。"念天地之悠悠"，茫茫的宇宙，悠悠的万古，你在这个宇宙中，如此短暂的生命，到底能够留下些什么？有没有一个可以跟你相知共鸣的人呢？一个有理想、有意志的人，这样孤独，不知道千古之下有没有人真的能够理解他，真的跟他有共鸣。

可是对读者而言，在读杜甫的诗、读司马迁的《太史公自序》时，千古之下不是产生了共鸣吗？杜甫不在了，司马迁也不在了，但是他们留下了诗歌、文学。文学之所以了不起，是因为其中的生命、感情、理想、意志，千古而下，只要你是一个有感觉的人，你就能感受到。

学诗重要的是吟诵，不学吟诵，就很难体会诗歌之微妙。吟诵是中国旧诗传统中的一个特色。我以为，吟诵是深入了解旧诗语言的一个很好的方法，因为它能够培养出在感发和联想中辨析精微的能力。当你用吟诵的调子来反复读诗的时候，你就会"涵泳其间"，也就是说，你会像鱼游在水里一样，被它的那种情调气氛整个儿地包围起来，从而就会有更深的理解和体会。

清朝有名的诗人范伯子曾经说过两句话，说你作诗的时候，要"字从音出，字从韵出"，就是说你要吟诵得很熟，你的文字是跟着声音出来的。这是一件非常奇妙的事情。杜甫的诗为什么写得这么好？那完全得之于他吟诵的功夫。杜甫写完了诗是配合着声音去修改的，他自己就说过，"新诗改罢自长吟"（《解闷十二首》）。

杜甫曾到长安郊外的山林别墅去拜访一位退休的何将军，晚间住在将军的别墅里。杜甫对此写过一首诗："将军不好武，稚子总能文。醒酒微风入，听诗静夜分。"（《陪郑广文游何将军山林十首》）他说何将军不是只喜欢打仗，他家里的小孩子都在学诗。他说晚饭时我们喝了一些酒，到夜里酒醒的时候，就听见何将军家的小孩子在吟诗，一直吟到半夜。

所以你看，不只是诗人吟诗，唐代的小孩子也是从小就学习吟诗的。诗是你偶然在内心之中有一种感动，所以吟诗是重要的。如果你会吟诵，你的诗句，就是你内心的感动，就会伴随着你所熟悉的那个吟诵的声音跑出来。中国的古诗在声音上是有格律的，平平仄仄，仄仄平平。一定要按照诗歌的格律来背诵、吟唱，才能够真正掌握诗歌的情意，伴随声音结合出来的那一份感动。

为什么现在大家对于诗都隔膜了，都不理解了，其实我们中国诗之所以不被年轻人所理解，与我们这个吟诵的传统断绝了，有非常密切的关系。你所失去的，是真正呼唤起来你内心的情欲的感动，呼唤起来你的感动的那种力量，是声音把你的感动呼唤起来了，没有了声音，你就缺少了那一份感动的生命了。

曾有人问我：中国古典诗词会灭亡吗？我以为不会。中国古人作诗，是带着身世经历、生活体验，融入自己的理想、意志而写的。他们把自己内心的感动写了出来，千百年后再读其作品，我们依然能够体会到同样的感动，这就是中国古典诗词的生命。所以说，中国古典诗词绝对不会灭亡。因为，只要是有感觉、有感情、有修养的人，就一定能够读出诗词中所蕴含的真诚的、充满兴发感动之力的生命。这种生命是生生不已的。

图书在版编目（CIP）数据

叶嘉莹说诗词之美 / 叶嘉莹著 . —北京：北京联合出版公司， 2022.11（2023.4重印）
ISBN 978-7-5596-6464-8

Ⅰ．①叶… Ⅱ．①叶… Ⅲ．①古典诗歌－诗歌欣赏－中国 Ⅳ．① I207.22

中国版本图书馆 CIP 数据核字（2022）第 181975 号

叶嘉莹说诗词之美

作　　者：叶嘉莹
出 品 人：赵红仕
主　　编：杨　琳
责任编辑：肖　桓

北京联合出版公司出版
（北京市西城区德外大街 83 号楼 9 层　100088）
三河市中晟雅豪印务有限公司印刷　新华书店经销
字数 144 千字　880 毫米 ×1230 毫米　1/32　7.875 印张
2022 年 11 月第 1 版　2023 年 4 月第 3 次印刷
ISBN 978-7-5596-6464-8
定价：52.00 元

版权所有，侵权必究
未经许可，不得以任何方式复制或抄袭本书部分或全部内容
本书若有质量问题，请与本公司图书销售中心联系调换。电话：(010) 82069336